Zadig
ou la Destinée

ZADIG
OU LA DESTINÉE

查第格

·插图珍藏版·

VOLTAIRE

［法］伏尔泰 —— 著
［法］西尔万·索瓦日 —— 绘
傅雷 —— 译

江苏凤凰文艺出版社
JIANGSU PHOENIX LITERATURE AND ART PUBLISHING

图书在版编目（CIP）数据

查第格：插图珍藏版/（法）伏尔泰著；（法）西尔万·索瓦日绘；傅雷译. -- 南京：江苏凤凰文艺出版社，2021.10

ISBN 978-7-5594-5861-2

Ⅰ.①查… Ⅱ.①伏… ②西… ③傅… Ⅲ.①中篇小说-法国-近代 Ⅳ.① I565.44

中国版本图书馆 CIP 数据核字（2021）第 082069 号

查第格（插图珍藏版）

［法］伏尔泰 著　　［法］西尔万·索瓦日 绘　　傅雷 译

策　　划	尚　飞
责任编辑	王　青
特约编辑	俞延澜
装帧设计	墨白空间·张静涵
出版发行	江苏凤凰文艺出版社
	南京市中央路 165 号，邮编：210009
网　　址	http://www.jswenyi.com
印　　刷	南京爱德印刷有限公司
开　　本	880 毫米 × 1230 毫米　1/32
印　　张	4.25
字　　数	50 千字
版　　次	2021 年 10 月第 1 版
印　　次	2021 年 10 月第 1 次印刷
书　　号	ISBN 978-7-5594-5861-2
定　　价	76.00 元

江苏凤凰文艺版图书凡印刷、装订错误，可向出版社调换，联系电话 025-83280257

目录

第一章 独眼人 | 1

第二章 鼻子 | 7

第三章 狗与马 | 11

第四章 眼红的人 | 18

第五章 侠义的人 | 26

第六章 宰相 | 31

第七章 调解与接见 | 36

第八章　　嫉妒　｜　42

第九章　　挨打的女人　｜　50

第十章　　奴役　｜　56

第十一章　　殉夫　｜　62

第十二章　　晚餐　｜　67

第十三章　　约会　｜　73

第十四章　　强盗　｜　79

第十五章　　渔夫　｜　85

第十六章　　四脚蛇　｜　91

第十七章　　比武　｜　102

第十八章　　隐士　｜　109

第十九章　　猜谜　｜　119

独眼人

摩勃达王临朝的时候，巴比伦有个青年名叫查第格，天生的品性优良，又经过教育培养。虽则年少多金，倒能清心寡欲。他毫无嗜好；既不愿永远自以为是，也肯体谅人类的弱点。大家都奇怪，他尽管颇有才气，却从来不用冷嘲热讽去攻击那些渺渺茫茫，喧哗叫嚣，各不相干的议论，也不指斥那些大胆的毁谤，无知的断语，粗俗的戏谑，无聊的聒噪，巴比伦的所谓清谈。他记得查拉图斯特拉在《经典》第一卷中说过，自尊心是个膨胀的气球，戳上一针就会发出大风暴来的。查第格尤其不自命为轻视女性和压制女性。他气量很大，按照查拉图斯特拉有名的教训，对无情无义的人也不怕施恩；那教训说：你吃东西，总得分点儿给狗吃，即使它们会咬你。查第格明哲保身，无出其右，因为他专门跟哲人来往。他深通古代加尔提人的学问，当时人所知道的自然界的物理，他无有不知；他也通晓古往今来的人所知道的玄学，就是说微乎其微。不管当时的新派哲学怎么说，他深信一年总是三百六十五天又四分之一，太阳总是宇宙的中心。大司祭们神态傲慢地说他心术不正，说相信太阳自转，相信一年有十二个月，都是与国家为敌。查第格听了，一声不出，既不动怒，也不表示轻蔑。

查第格有的是巨大家私，因此也有的是朋友；再加身体康健，相貌可爱，中正和平，度量宽宏，感情真诚，便自认为尽可以快乐度日。他和赛弥尔订了婚。以她的美貌，出身，家财而论，算得上巴比伦第一头亲事。查第格对赛弥尔的情意，深厚而高尚；赛弥尔对查第格的爱情也很热烈。结婚的佳期近了，两人正在幼发拉底河滨的棕榈树下散步，向巴比伦的一座城门走去；忽然迎面来了几个人，拿着刀箭。原来是少年奥刚的打

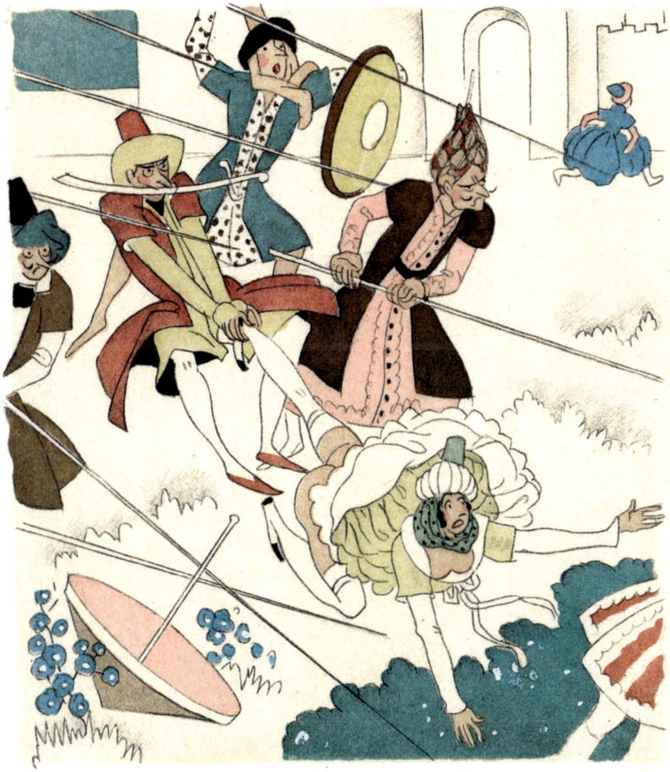

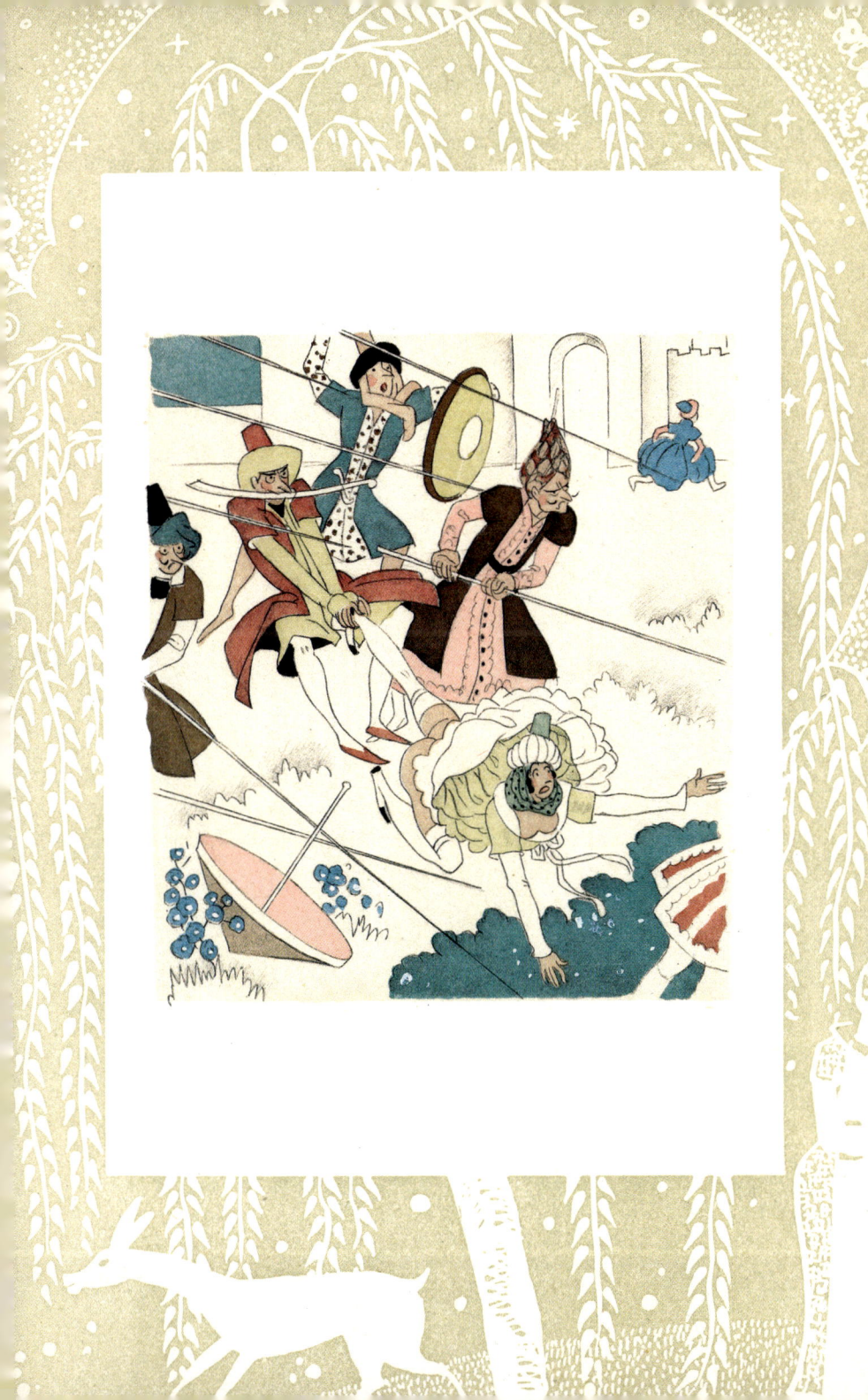

手。奥刚是一位大臣的侄儿，听了叔叔门客的话，相信自己可以为所欲为。他毫无查第格的风度和品德，但自以为高明万倍，所以看到人家不爱他而爱了查第格，懊恼透了。这嫉妒是从虚荣心来的，奥刚却错认为对赛弥尔爱得如醉若狂，决定把她抢走。那班抢亲的人抓住赛弥尔，逞着兽性动武，把她伤害了，使一个连伊摩斯山上的老虎见了都会软心的少女流了血。她哭声震天，叫道："哎哟，亲爱的丈夫呀！他们把我跟心爱的人儿拆散了呀！"她不顾自己的危险，只想着心疼的查第格。那时，查第格把勇敢和爱情给他的力量，全部拿出来保卫赛弥尔。他靠着两个奴隶帮忙，才打退强人，把血迹斑斑，昏迷不醒的赛弥尔送回家。她睁开眼睛，见了恩人，说道："噢，查第格，我一向爱你，只因为你是我的丈夫；现在我爱你，可把你当作救我名节，救我性命的恩人了。"从来没有一个人的心比赛弥尔的心感动得更深，也从来没有一张更迷人的嘴巴，能用那些火热的话比赛弥尔吐露出更动人的感情；那是最大的恩德和最正当的爱情激发起来的。她受的是轻伤，不久就好了。查第格的伤却更凶险：眼旁中了一箭，创口很深。赛弥尔但求上帝保佑她爱人早日康复。她一双眼睛日夜流泪，只盼望查第格的眼睛重见光明。但那只受伤的眼长了一个疮，形势危险了。他们派人赶往孟斐斯请名医埃尔曼斯。埃尔曼斯带着大批随从来了，看过病人，说那只眼必瞎无疑，还把瞎的日子和钟点都预言了。他道："要是伤在右眼，我就能医，但伤在左眼是无救的。"全巴比伦的人一边可怜查第格的命运，一边佩服埃尔曼斯医道高深。过了两天，疮出了脓；查第格完全好了。埃尔曼斯写了一部书，证明查第格的伤是不应该好的。查第格根本不看那书。到了能出门的时候，他立刻打点一番，去拜访情人；他的一生幸福都寄托在赛弥尔身上，要保住眼睛也无非为了她一个人。赛弥尔已经在乡下住了三天。查第格在半路上听说这位美人明白表示，对于一只眼的男子有种难以抑制的厌恶；她上一天夜里已经嫁给奥刚了。一听这消息，查第格当场晕倒，痛苦得死去活来。他病了好久；但理性终究克服了悲伤，遭遇的残酷倒反指点了他一条出路。

他说："一个在宫廷中长大的女子对我这样狠毒这样任性，还不如娶个平民罢。"查第格便挑了城里最本分，身家最清白的一个姑娘，叫作阿曹拉，和她结了婚，在情爱弥笃的温柔乡中过了一个月。可是他发觉阿曹拉有点轻佻，喜欢把长得最漂亮的青年当作最有思想最有德行的人。

鼻子

有一天，阿曹拉散步回来，怒气冲天，大惊小怪地直嚷。查第格问她："亲爱的妻子，你怎么啦？谁把你气成这样的？"她说："唉！我亲眼看见的事，要是你看到了，也会跟我一样。我本想去安慰高斯罗的年轻寡妇。前两天，她才替年轻的丈夫盖了一座坟，坐落在那片小溪环绕的草原上。她悲痛万分，向所有的神明发誓，只要溪水在旁边流一天，她就在坟上守一天。"查第格说："好啊，这才是一位可敬的女子，真正爱她丈夫的！"阿曹拉回答："你可想不到我去看她的时候，她在干什么呢！"查第格道："美丽的阿曹拉，那么她在干什么呢？"——

"把溪水引到别处去。"阿曹拉接着把青年寡妇破口大骂；责备的话说得那么多，那么凶，叫查第格听了她满嘴的仁义道德，很不高兴。

查第格有个朋友叫作加陶，就是阿曹拉认为比别人更老实更优秀的那种青年。查第格把计划告诉加陶，送了他一笔重礼，希望他对自己忠心。阿曹拉在乡下一个女朋友家住了两天，第三天回来；仆人们哭哭啼啼对她说，她的丈夫上一天夜里得了暴病死了，他们不敢报告她凶信，已经把主人葬在花园尽头的祖坟上。阿曹拉哭了，扯着头发，赌咒说要寻死。当夜加陶来要求和她谈谈，两人都哭了。第二天，他们哭声稍止，一同吃了中饭。加陶告诉阿曹拉，说查第格送了他大部分家私，加陶意思之间，要阿曹拉一同享受这笔财产才觉得快乐。那太太听着哭了，恼了，慢慢地缓和了。夜饭吃得比中饭更长久，彼此谈得更亲密：阿曹拉称赞故世的丈夫，但承认他有些缺点是加陶没有的。

夜饭吃到一半，加陶忽然叫苦，说脾脏剧烈作痛。那太太

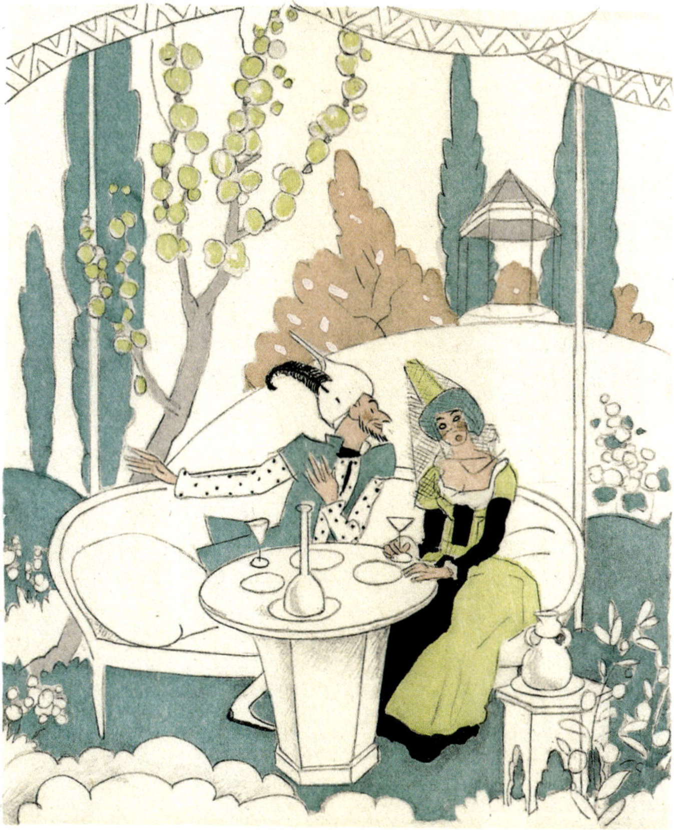

又着急，又殷勤，叫人把她化妆用的香精全部拿来，试试有没有能治脾脏痛的。她很懊恼伟大的埃尔曼斯已经不在巴比伦。她甚至不惜高抬贵手，摸摸加陶痛得最厉害的胸部侧面，很同情地问道："这种痛苦的病，你可是常发的？"加陶回答说："有时候几乎把我命都送掉，只有一个办法可以止痛，就是要找一个上一天新死的人的鼻子，放在我胸部侧面。"阿曹拉道："这个医法倒古怪得很。"加陶回答："不见得比用小口袋治盲肠炎更古怪。"这个解释，加上这位青年的了不起的品德，使阿曹拉下了决心。她说："归根结底，我丈夫从过去世界打几那伐桥上度到未来世界去的时候，不见得因为第二世里的鼻子比第一世里短了一些，阿斯拉埃神就不让他过去。"于是她拿了一把剃刀来到丈夫坟前，把眼泪浇了一遍，看见查第格直僵僵地躺在穴内，便走近去预备割他的鼻子。查第格却爬起来，一手按着鼻子，一手挡住阿曹拉的剃刀，说道："太太，别再把那年轻的高斯罗寡妇骂得那么凶了；割我鼻子的主意，和把溪水改道的主意还不是半斤八两！"

狗与马

查第格体会到,《藏特经》上说得很对,新婚的第一个月是蜜月,第二个月是苦草月。过了一些时候,阿曹拉的脾气变得太不容易相处了,查第格只得把她退婚;觉得一个人要求幸福还不如研究自然界。他说:"上帝在我们眼前摆着一部大书,能够读这部大书的哲学家才是天下最快乐的人。他发现的真理,别人是拿不走的;他培养自己的心灵,修身进德;他能安心度日,既不用提防人家,也没有娇妻来割他的鼻子。"

心里存着这些念头，他离开城市，住在幼发拉底河边的一所别庄里。他在那儿所关心的不是桥洞底下一秒钟流过几寸水，也不是鼠月里下的雨是否比羊月里多出一立方分。他既不打算用蜘蛛网缫丝，也无意把破瓶子做成瓷器；他只研究动植物的属性。他的观察力很快就训练得十分敏锐：别人看来相同的东西，他能发现无数的区别。

有一天，他在一个小树林附近散步，看见迎面来了一个王后的太监，后面跟着好几位官员，神色仓皇，东奔西跑，好像一些糊涂虫丢了什么贵重的宝贝，在那里寻找。总管太监问查第格："喂，小伙子，可曾看见王后的狗？"查第格很谦虚地回答："噢，那是只母狗，不是雄狗。"总管太监说："不错，是只母狗。"查第格又道："而且是很小的鬈毛狗，不久才生过小狗，左边的前脚是瘸的，耳朵很长。"总管太监气吁吁地说道："那么你是看到的了。"查第格回答："不，我从来没看见过，也从来不知道王后有什么母狗。"

正在那时候，出了一件天下常有的巧事：王上御厩中一匹最好的马从马夫手里溜走，逃到巴比伦的旷野里去了。大司马和所有的官员一路追来，和追寻母狗的总管太监一样焦急。大司马招呼查第格，问他可曾看见御马跑过。查第格回答说："那马奔驰的步伐好极了；身高五尺；蹄子极小；尾巴长三尺半；金嚼子的成色是二十三克拉；银马掌的成色是十一钱。"大司马问："它往哪儿跑的呢？在哪儿呢？"查第格回答："我根本没看见，也从来没听人说过。"

大司马和总管太监认为王上的马和王后的狗毫无疑问是查第格偷的，便带他上总督衙门。会审的结果判他先吃鞭子，再送西伯利亚终身流放。才宣判，狗和马都找到了。诸位法官只得忍着委屈重判，罚查第格四百两黄金，因为他把看见的事说作没有看见。查第格先得缴足罚款，然后获得准许在总督大堂上替自己辩护。他的话是这样说的：

"诸位大人是正直的星辰，知识的宝库，真理的明镜，凝重如铅，坚硬如铁，光明如钻石，与黄金相伯仲。既然允许我在这个庄严的堂上说话，我就用奥洛斯玛特大神的圣名发誓，我从来没看到王后的宝犬，也从来没看到万王之王的神骏。事情是这样的：有一天我正在散步，向小树林走去；后来遇到年高德劭的内监和声名盖世的大司马，就在那地方。我看见沙地上有动物的足迹，一望而知是小狗的脚印。脚印中央的小沙堆上，轻轻地印着一些长的条纹；我知道那是一只乳房下垂的母狗，不多几天才生过小狗。在另外一个方向还有些痕迹，好像有什么东西老是在两只前脚旁边掠过，这就提醒我那狗的耳朵很长。又注意到沙土上有一个脚印没有其余的三个深，我明白我们庄严的王后的宝犬，恕我大胆说一句，是有点儿瘸的。

"至于万王之王的御马，且请各位大人听禀：我在那林中散步，发觉路上有马蹄的痕迹，距离都相等；我就心上想：这匹马奔驰的步伐好极了。林中的路很窄，只有七尺宽，两旁的树木离开中心三尺半，树身上的尘土都给刷掉了一些。我就说：

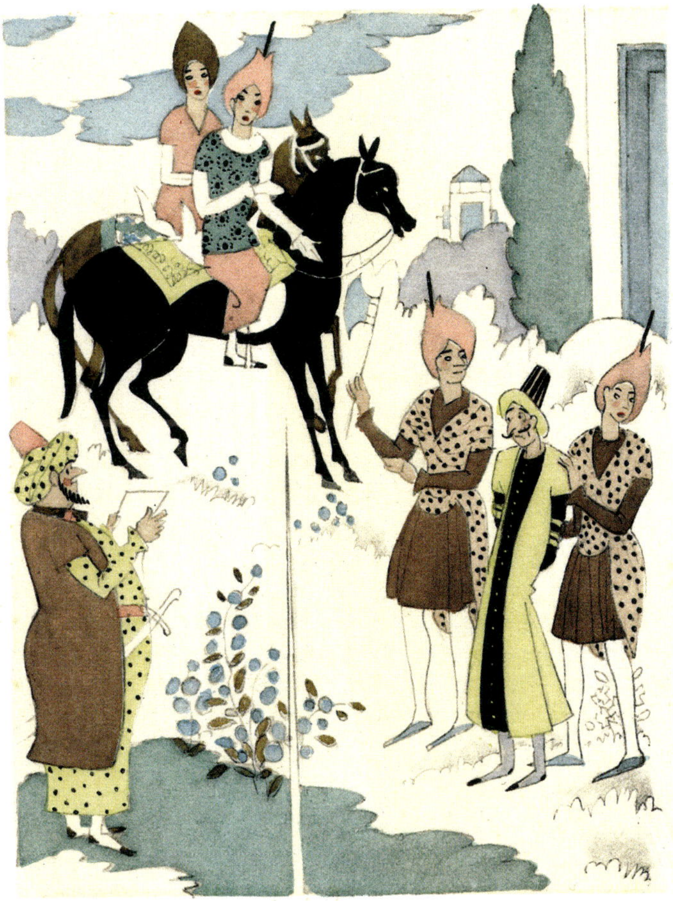

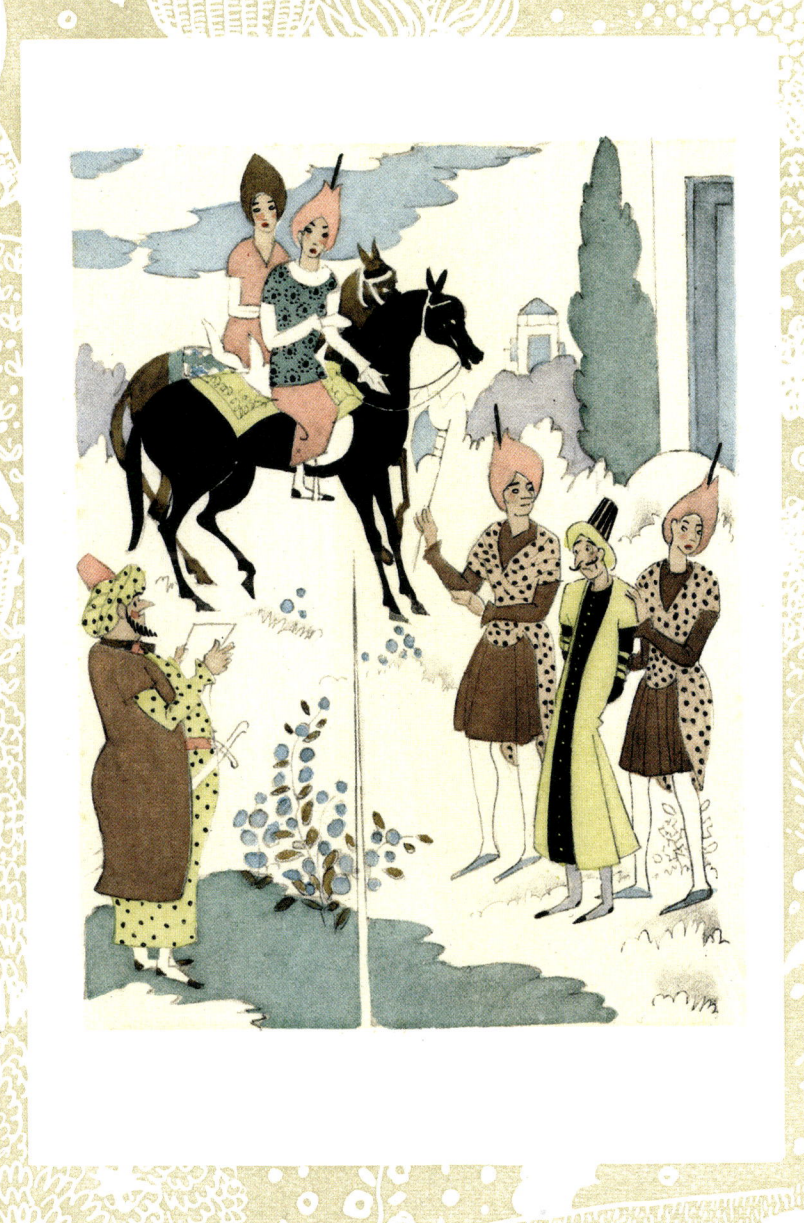

这匹马的尾巴长三尺半，左右摆动的时候刷掉了树上的灰土。两边树木交接，成为一片环洞形的树荫，离地五尺，树荫底下有些新掉下来的叶子；我懂得那是给马碰下来的，可知那匹马身高五尺。至于马嚼子，一定是用二十三克拉的黄金打的，因为嚼子在一块石头上擦过，我认得是试金石，还把那石块作了试验。又因为马蹄在另外一类的小石子上留着痕迹，所以我断定马掌是成色十一钱的银子打的。"

全体法官都佩服查第格深刻细致的鉴别力；消息竟传到王上和王后那里。前厅上，寝宫内，会议厅上，到处只谈论查第格。好几位大司祭认为应当把查第格当作妖人烧死；王上却下令发还四百两黄金的罚款。检察官，书记官，执达吏，大排仪仗，把四百两黄金送回查第格家，只扣掉三百九十八两讼费；他们的跟班又问查第格讨了赏钱。

查第格看到一个人太博学有时真危险，便打定主意以后再有机会，决不把看到的事说出来。

狗与马　　|　　17

　　这机会不久就来了。监牢里逃出一个判了重罪的犯人，在查第格窗下走过。查第格受到盘问，一言不答；但有人证明他曾经向窗外探望。为这个罪名，他被罚了五百两黄金，还得按照巴比伦的规矩，向诸位法官谢恩，感谢他们的宽大。查第格心里想："天哪！树林里走过了王后的狗和王上的马，你再去散步就该倒霉了！在窗口站一会儿又是危险的！一个人要在这一世里快乐真是多难！"

眼红的人

查第格受了命运的磨折,想用哲学和友谊来排遣。他在巴比伦近郊有所屋子,陈设幽雅,凡是与上等人身份相称的各种艺术和娱乐,都搜罗齐备。白天,是学者都可到他藏书室去看书;晚上,是上等人都可以到他家去吃饭。但他不久就发觉学者非常危险。为了查拉图斯特拉禁食葛里凤的戒令,他们展开一场激烈的辩论。有的说:"要是世界上没有这动物,怎么禁止人吃呢?"另外几个说:"既然查拉图斯特拉禁止人吃,就一定有这动物。"查第格有心调解,对他们说道:"如果真有葛里凤,我们就不吃;如果没有,我们更不会吃。这样:

我们个个人都遵守了查拉图斯特拉的戒令。"

有一位学者写过十三卷讨论葛里凤属性的著作，又是能与神灵交通的巫术大师；他急忙到一位叫作叶蒲的总司祭前面控告查第格。叶蒲是最愚蠢，因此也是最偏执的加尔提人。他颇想用木柱洞腹的刑罚把查第格处死，作为献给太阳神的祭礼；而他念起查拉图斯特拉的经文来，语调也可以更称心如意。朋友加陶（一个朋友胜过十个教士）去见老叶蒲，和他说："太阳万岁！葛里凤万岁！你千万不能责罚查第格：他是个圣者，养牲口的院子里就有葛里凤，可绝对不吃。控告他的人却是妖言惑众，胆敢主张兔子的脚是分蹄的，还说这动物并非不洁。"叶蒲把他的秃头摇了几摇，说道："好吧，既然查第格对葛里凤怀着恶意，控告他的人对兔子出言荒谬，两人都该受洞腹之刑。"加陶托一个姑娘斡旋，把事情平息了。那姑娘曾经和加陶生过一个孩子，在祭司总会里颇有势力。结果谁也没有受洞腹之刑；好几位博士因此私下议论，说是巴比伦气运衰落的预兆。查第格却嚷道："一个人的幸福究竟靠什么的呢？这个世界上的一切，连莫须有的东西在内，都要害我。"他咒骂学者，从此只打算跟上等人来往。

他在家招纳一些巴比伦最高尚的男人和最可爱的妇女。他供应精美的晚餐，饭前常常先来个音乐会。饭桌上谈吐风雅，兴致甚豪；查第格想法不让大家在谈话中互相争竞，卖弄才情；那才是流于恶俗，破坏盛会的不二法门。他对于朋友和菜肴的选择，都不从虚荣出发：他什么事都喜欢实际，不喜欢表面；因此他赢得了真正的敬意，而这又不是他有心追求的。

他屋子对面住着一个人名叫阿利玛士，粗俗的脸上活活画出他凶恶的心地。他一肚子尽是牢骚和骄傲，再加是个讨人厌的才子。因为在交际场中不得意，他就用毁谤来报复。尽管那么有钱，他家中连马屁鬼都不容易招集。查第格家晚上车马盈门的声音，使他很不舒服；颂扬查第格的声音使他更恼恨。有时他到查第格家去，不经邀请便上了桌子，叫宾主都扫兴；好像传说中的妖精哈比，一碰到肉，肉就烂了。有一天，阿利玛士预备大开筵席，款待一位太太，谁知那太太不接受，反而上

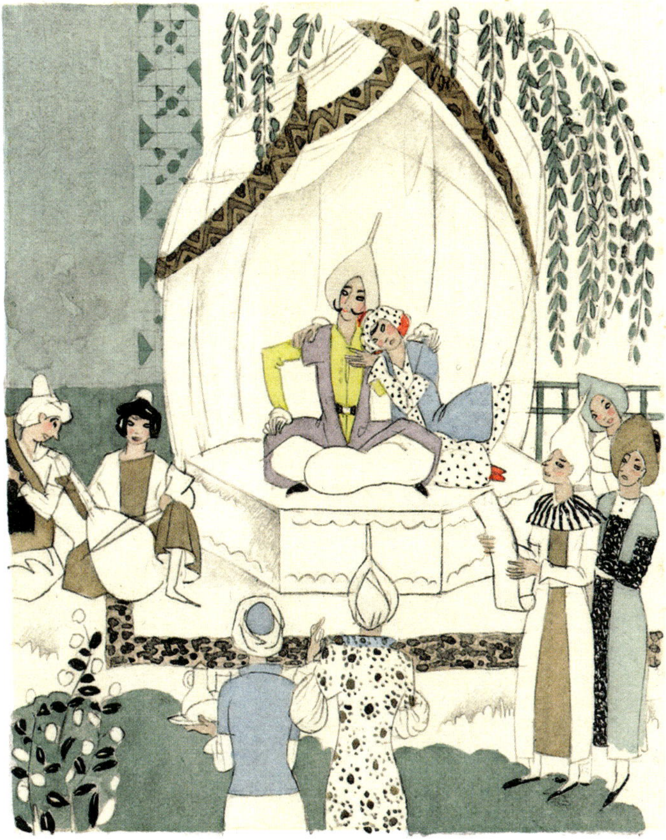

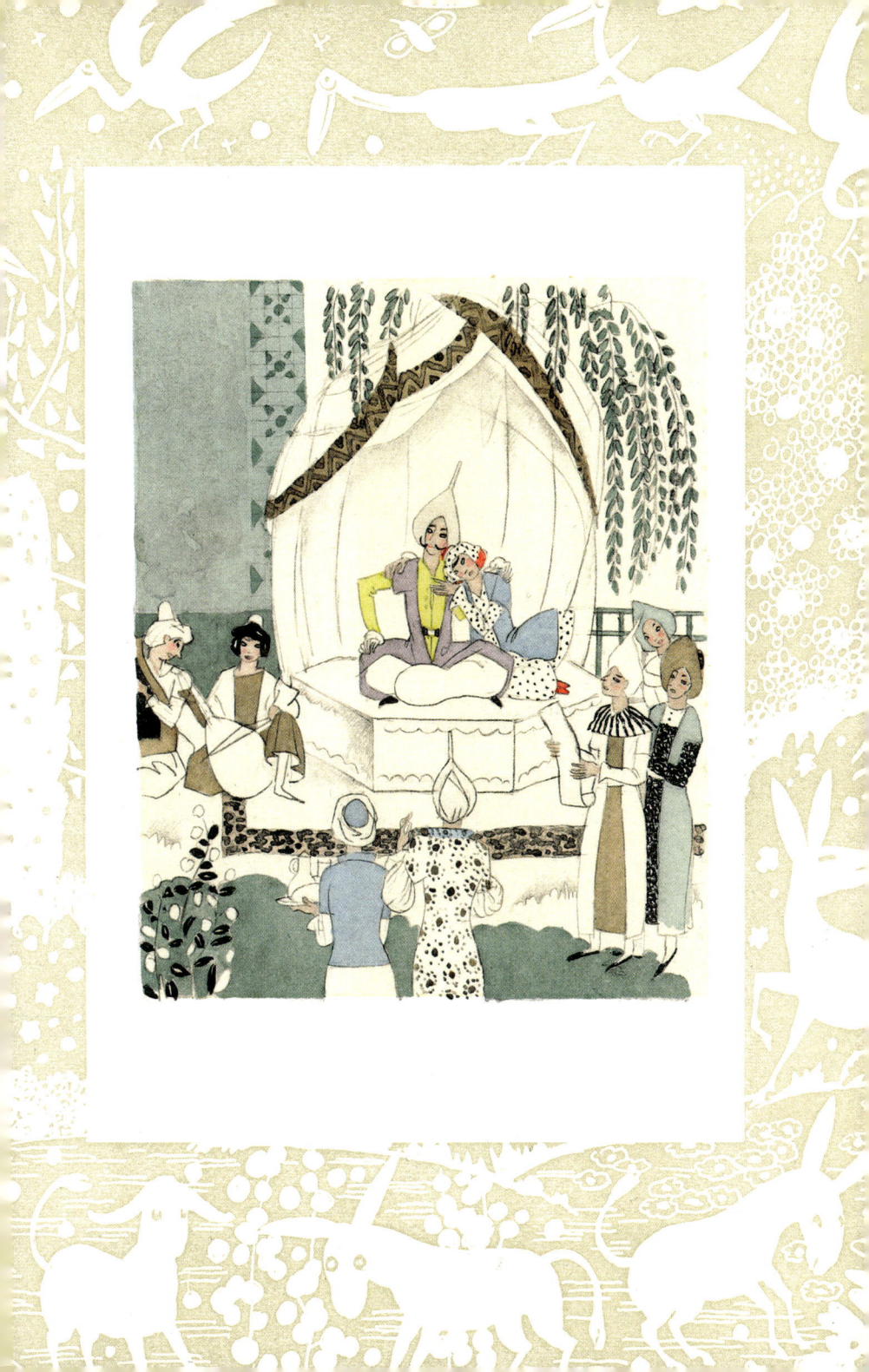

查第格

查第格家吃饭。另外一天,他在宫中和查第格谈话,遇到一位大臣,大臣请查第格吃饭而不请阿利玛士。世界上最难化解的仇恨,往往并没比此更重大的原因。这个在巴比伦被称为眼红的人,存心要陷害查第格,因为查第格被称为福人。而正如查拉图斯特拉说的:一天有一百个机会作恶,一年只有一个机会行善。

眼红的家伙有一次到查第格家:查第格正陪着两个朋友和一位太太在园中散步;他一向喜欢对那太太说些殷勤话,除了顺口说说以外,并无他意。那天谈的是新近结束的战事,巴比伦王把属下的诸侯伊尔加尼打败了。在那次短期战役中表现很英勇的查第格,极力歌颂王上,尤其歌颂那位太太。他当场作了四句诗,拿起石板写下来,给那位美丽的太太看。朋友们要求传观;查第格为了谦虚,尤其为了爱惜文名,拒绝了。他知道,即兴的诗只有对题赠的人才有价值;他把石板裂为两半,随手往蔷薇丛中一扔,让大家白找了一阵。接着下起小雨来,众人都回进屋子。眼红的阿利玛士留在园中竭力搜寻,终于找到了两块碎片之中的一块。石板破裂之下,碎片上的残诗竟然每行都有意义,而且是句子最短的诗。更奇怪的是,这首小诗的意义竟是对王上最恶毒的侮辱,念起来是这样的:

> 罪大恶极的暴行,
> 高踞着宝座。
> 为了大众的安宁,
> 这是唯一的敌人。

眼红的阿利玛士生平第一次觉得快乐了。他手里的把柄尽可断送一个有德而可爱的人。他泄愤的目的达到了,心里非常痛快,托人把查第格亲笔写的谤诗送给王上。查第格,连他的两个朋友和那位太太,一齐下狱。案子不经审问,很快就定局了。宣判那天,阿利玛士等在路上,大声告诉查第格,说他的诗一文不值。查第格并不自命为高明的诗人,但看到自己判了大逆不道的罪,一位美丽的太太和两位朋友又被他莫须有的罪名连累，关在牢里，不由得悲痛万分。他不准开口，因为他的石板就是他的口供。这是巴比伦的法律。他被押上法场，一路挤满闲人，没有一个敢可怜查第格；他们是赶来打量他的脸，看他是否能从容就死的。伤心的只有他的家属，因为承继不到遗产。查第格的家私四分之三归了国王，四分之一赏了眼红的阿利玛士。

正当查第格预备就刑的时候，国王的鹦鹉飞出回廊，飞往查第格家的园子，在蔷薇丛中停下。近边一株树上有只桃子被风吹落在灌木中间，黏在一块写字用的石板上。鹦鹉衔着桃子，连着石板，一径飞到国王膝上。国王很奇怪，觉得石板上的文字毫无意义，好像是诗句的结尾。他一向喜欢诗歌；而遇到爱诗歌的帝王，事情总是好办的。国王为了鹦鹉的事左思右想。王后记起查第格石板上写的句子，叫人把石板拿来。两块凑在一起，完全符合，而查第格的原诗也全部看出来了：

罪大恶极的暴行，搅乱了朗朗乾坤；

高踞着宝座，圣主镇压了所有的邪魔。

为了大众的安宁，为了爱民而出征；

这是唯一的敌人，值得叛徒胆战心惊。

国王立即召见查第格，下令把他的两个朋友和美丽的太太释放出狱。查第格伏在国王和王后脚下，以面扑地，诚惶诚恐的要求宽恕他的诗写得那么恶劣。他谈吐文雅，才智敏捷，而又切中事理，国王和王后听了，把他再度召见。他去了，应对愈加称旨。诬告的阿利玛士全部家私罚给查第格；查第格分文不取。阿利玛士并不感动，只因为能保全财产而高兴。王上对查第格宠眷日隆，一切娱乐都召他参与，大小事务都向他咨询。从此王后瞧着他的眼神另有一种亲切的表情，这是对王后，对她尊严的丈夫，对查第格，对国家，都可能有危险的。查第格却开始认为一个人要幸福并不难了。

侠义的人

那时正临到五年一次的大庆。巴比伦向例，每五年要选拔一个行为最侠义的公民在庄严的大会上宣布姓名。各位大臣和各位祭司担任评判。管辖京城的大都督挑出在他任内发生的最高尚的事，逐一报告，然后举行投票，再由国王决定。世界上最偏远的地方都有人来参观这个大典。优胜者由国王亲赐一只满贮宝石的金杯，还加上几句话：我赐你这件奖品，表扬你的侠义，但愿神明多给我几个像你一样的子民。

隆重的节日到了；国王登上宝座，周围尽是大臣，祭司，和各国派来观光的代表。要获得这竞赛的荣誉，不是倚仗骏马的矫捷,也不是靠武士的勇力,而是凭个人的德行。大都督高声报告一些事迹,都是够得上得这个至高无上的奖赏的。他绝口不提查第格胸襟宽大,退还阿利玛士全部家产的事;那不是一桩有资格参加竞选的行为。

他先介绍一位法官,由于并不需要他负责的误会,使一个公民打输了官司,损失浩大;法官拿出自己的全部家财,数目正好补偿那公民的损失。

接着推荐一个青年,如醉若狂地爱着未婚妻。但他有个朋友对他的未婚妻害着相思病,差不多要死了。那青年把爱人让给朋友,还送了一份陪嫁。

接着又提到一个小兵,在讨伐伊尔加尼的战役中表现得更有义气。几个敌兵跑来抢他的情人,他奋勇抵抗;忽然有人报告,说他母亲在近边被另外几个伊尔加尼匪徒掳走,他哭哭啼啼地丢下情人,赶去救出母亲;回头再找到爱人,爱人已经快断气了。他想自杀;母亲说要是他死了,她就别无依靠;于是他鼓足勇气,忍着痛苦活下去了。

一般评判员都偏向这个兵。国王发言的时候却说："这个兵和其余的两个人，行为固然高尚，但我并不觉得惊奇；昨天查第格做了一件事，却出我意料之外。前几天我罢黜了我宠幸的大臣高兰勃，把他骂得体无完肤，所有的朝臣都说我心肠太软，还互相比赛，唯恐说高兰勃的坏话说得不够。我征求查第格的意见，他居然敢说高兰勃的好话。拿自己的家产补赎过失，把情人让给朋友，为了母亲而牺牲爱人：这种例子，我承认我们的历史上都有过；但从来没有一个朝臣敢替一个失宠的、国王正在为之震怒的大臣说好话。刚才提到的几个义士，我每人赏两万金洋；可是那只金杯，我赐给查第格。"

查第格答道："真有资格得此金杯的只有陛下，是陛下做了旷古未有的事，因为陛下身为国王，听了臣下的逆耳之言，竟不以为罪。"

大家都赞美国王和查第格。捐献家产的法官，把爱人嫁给朋友的青年，为救母亲而牺牲情人的兵，都得到国王的奖赏，在侠义录上留了名。查第格得了金杯。国王得了圣主的英名，

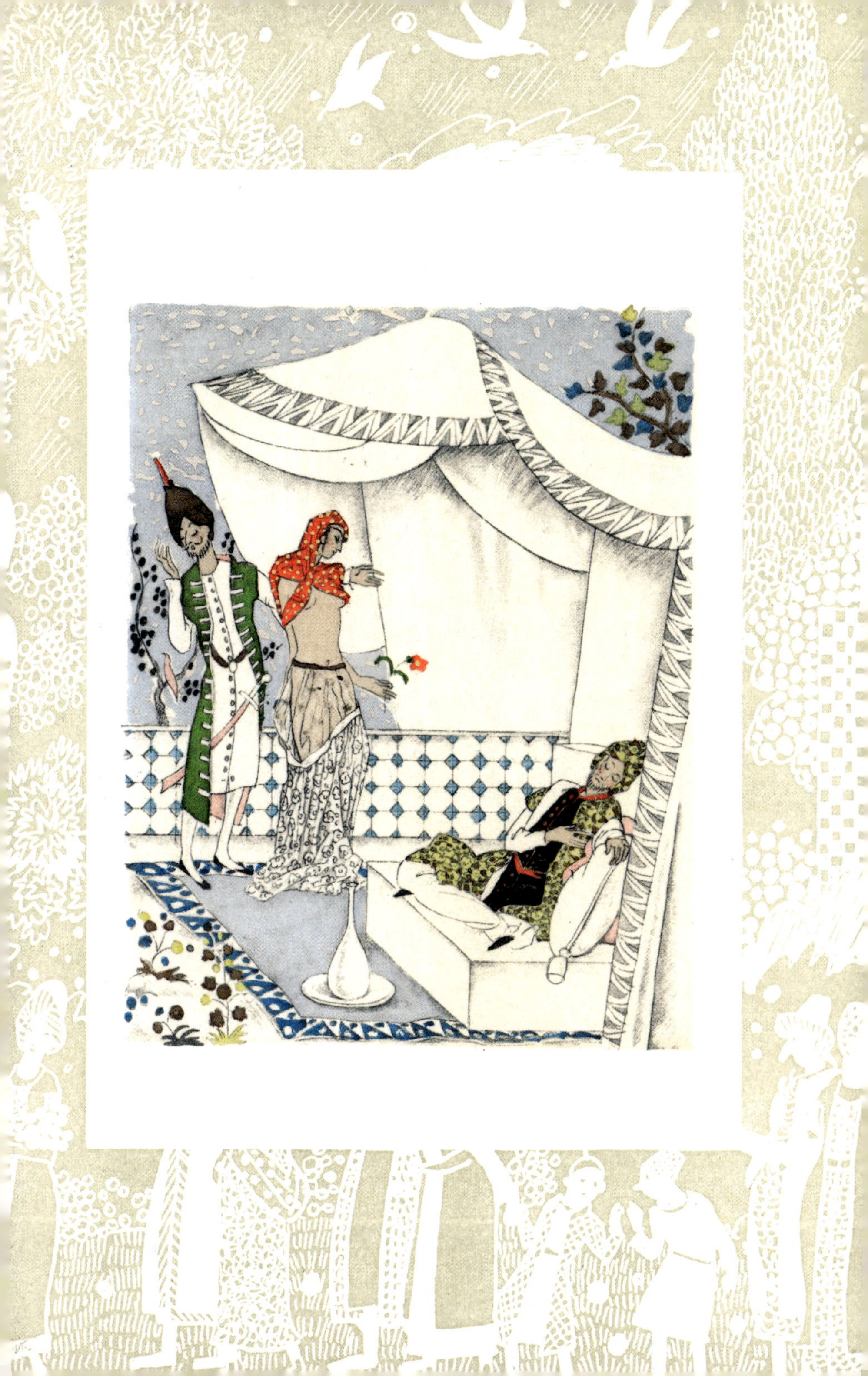

可惜这英名没有保持长久。那天的庆祝会，时间超过了法律的规定；直到如今，亚洲还有人记得。查第格说："啊，我终于幸福了！"可是他想错了。

宰相

宰相故世，国王任命查第格接任。巴比伦所有的漂亮太太都表示欢迎，因为开国以来不曾有过这样年轻的宰相。所有的朝臣都气恼；眼红的阿利玛士吐了血，鼻子肿得异乎寻常。查第格向王上王后谢过恩，又去谢鹦鹉，说道："美丽的鸟儿，你救了我的命，给我当了宰相；陛下的马和王后的狗害得我好苦，你却赐福于我。想不到人的命运受这些东西操纵！"接着又道，"可是这样意想不到的福气，恐怕不能长久罢。"鹦鹉答道："是的。"查第格听着，吃了一惊；但他既是高明的物理学家，又不信鹦鹉能预言，一会儿也就放下心来，尽心竭力地执行宰相的职务。

他教每个人感觉到法律的神圣,而不让一个人感觉到他爵位的压力。他决不干涉枢密会议的舆论,所有的大臣都可发表意见,不会使他不喜。他判案子,不是他判而是法律判的;法律太严的时候,他加以轻减;没有法律可引,他就另立新法,其公平合理,人家竟以为是查拉图斯特拉订的。

"罚一无辜,不如赦一有罪",这个流传各国的伟大的教训便是从查第格来的。他认为立法的作用,为民奥援与使民戒惧同样重要。人人都想隐蔽事实,查第格主要的才能却是辨明真相。

接任不久,他就运用了这个了不起的才能。巴比伦一个有名的商人死在印度;他生前嫁了女儿,把余下的财产平分给两个儿子;还留下三万金洋,预备赏给两个儿子中公认为更孝顺他的一个。大儿子替他盖了一座坟;小儿子拿出一部分遗产送给姊妹。大家说:"大儿子孝父亲,小儿子爱姊妹;三万金洋应当给大儿子。"

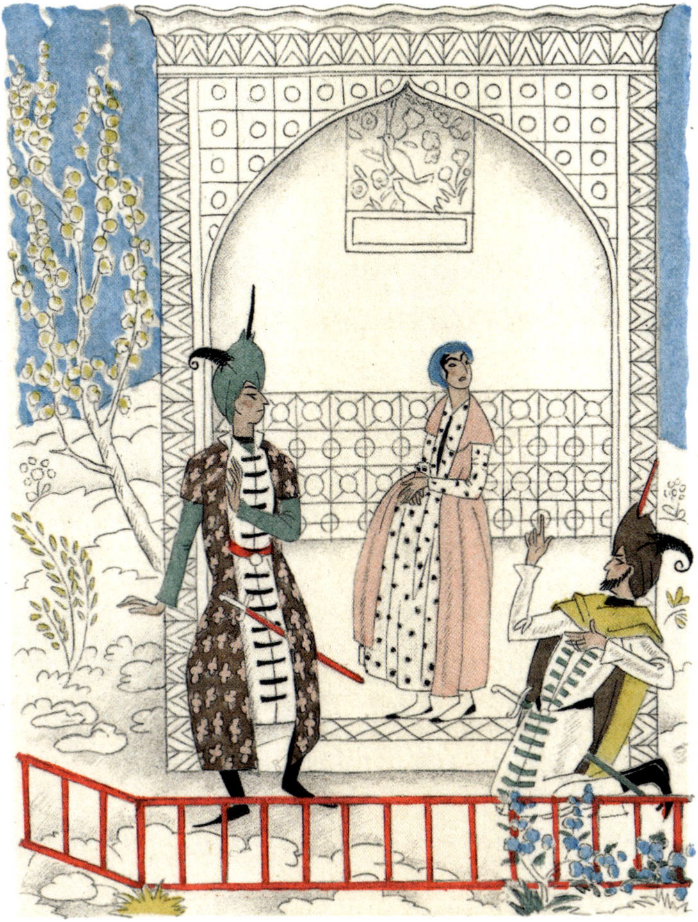

查第格把两个儿子先后叫来。他对大儿子说:"你的父亲没有死,最近一场病好了,就要回巴比伦来了。"大儿子答道:"谢谢上帝!只可惜一座坟花了我很多钱!"查第格接着对小儿子照样说了。他答道:"谢谢上帝!我要把全部财产还给父亲;但我送给姊妹的一份,希望父亲让她留着。"查第格说:"你什么都不用还,另外再给你三万金洋;更孝顺父亲的是你。"

一个非常有钱的少女向两个祭司许了婚,受过他们几个月训导,怀孕了。两个男的争着要娶她。她说:"我要嫁给使我为国家多添一个公民的男人。"一个说:"这件好事是我做的。"另外一个说:"这件功劳是我的。"她答道:"两人之中谁能给孩子受最好的教育,我就承认他是孩子的父亲。"她生了一个儿子。两位祭司争着要领去教养。案子告到查第格手里。查第格把两个祭司叫来,先问一个:"你对你监护的孩子预备教些什么?"博士回答:"我要教他八种辞类,教他辩证法,占星学,魔鬼附身术,教他何谓本体,何谓偶然,何谓抽象,何谓具体,何谓单元,何谓先天和谐。"另外一个祭司说:"我嘛,我要努力使他做一个正直的人,够得上跟人交朋友的人。"查第格判道:"不管你是不是孩子的父亲,你可以娶他的母亲。"

调解与接见

这样,他的奇妙的天才与慈悲的心肠每天都有所表现,不但人人佩服,而且一致爱戴。他被认为世界上最有福的人;全国上下只听见他的名字;所有的妇女都打着手眼镜瞧他;所有的国民都颂扬他的正直;学者们奉他为权威,连教士都承认他比年老的总司祭叶蒲更博学。没有人再拿葛里凤的案子告他;大家只相信他认为可信的事。

一千五百年以来,巴比伦有件争论不休的大事;全国为此分作两派,各不相下:一派主张只能用左脚跨进太阳神庙;另外一派痛恨这个习惯,一向是用右脚进门的。大家只等庆祝圣火的节日来到，看看查第格赞成哪一派。全世界的眼睛都盯着他的一双脚，全城骚动，都觉得无法预测。查第格把两脚并在一起，跳进庙门；然后雄辩滔滔地发表一篇演讲，证明天地的主宰对人一视同仁，不会对左脚或右脚有所偏爱。

眼红的阿利玛士和他的女人，认为查第格的演讲辞藻贫乏：山岳丘陵，嘴里搬弄得不够。他们说："查第格语言无味，毫无才气：我们既看不见海洋奔逃，明星下堕，也看不见日球像蜡一般融化；美妙的东方文体，他完全没学到。"但查第格的文体只求入情入理。众人都站在他一边，并非因为他走的是正道，或是因为他讲理，或者因为他和蔼可亲，而是因为他是当朝宰相。

白衣祭司与黑衣祭司的大公案，查第格也解决得同样圆满。白衣派一口咬定，面向东方的祷告是亵渎上帝；黑衣派坚持说，上帝最恨祷告的人面向西方。查第格下令面向何处，各听自由。

查第格就有这样的秘诀，把例行公事和特别的事都在早上办完；余下的时间他用来修饰巴比伦的市容。使人下泪的悲剧和使人发笑的喜剧，久已过时了，查第格因为趣味高雅，重新提倡。他并不自命比艺术家懂得更多，他只赏赐他们恩惠和荣誉，决不暗中嫉妒他们的才能。晚上，他在宫中娱乐国王，尤其是王后。王上说："多了不起的宰相！"王后说："多可爱的宰相！"两人都补上一句："要是当初把他吊死了，才可惜呢！"

　　从来没有一个当权的人需要接见那么多的女太太。她们大半来和查第格谈些莫须有的事，目的是要和他有点儿事。眼红的女人在第一批中求见，她用太阳神的名字赌咒，用查拉图斯特拉的经典赌咒，说她对丈夫的行为深恶痛绝；说他是个醋罐子，粗暴的男人。她还透露出来，男子所以能在某一点上跟神仙相仿，全靠圣洁的火焰给他一些奇妙的效果，但她丈夫受了天罚，得不到那个法宝。最后她把吊袜带掉在地下；查第格照例很有礼貌地捡了起来，但并不替她扣在膝上。这个小小的过失，假如算是过失的话，竟酿成了空前的惨祸。查第格事过即忘，眼红的女人却是念念不忘。

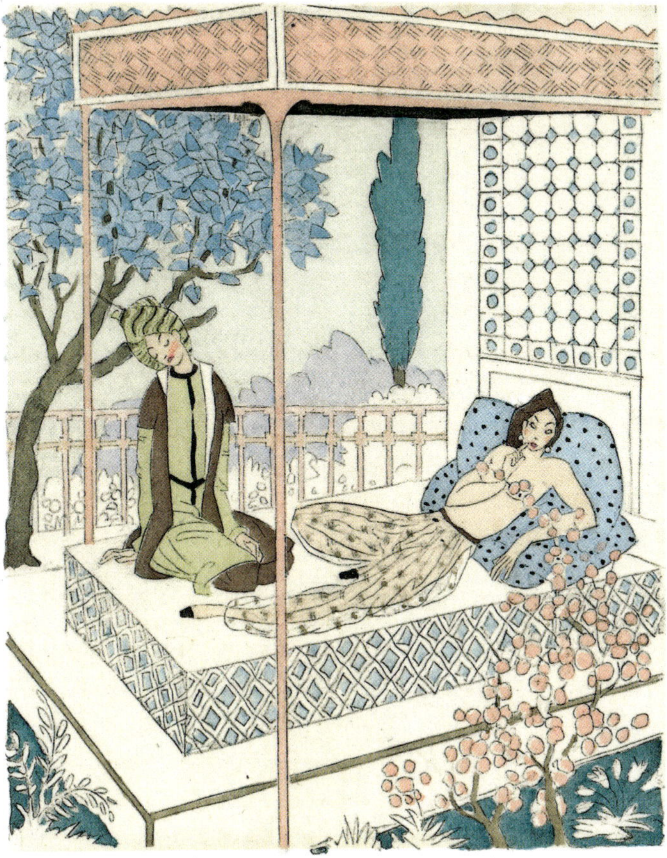

天天都有女太太们求见。巴比伦的野史上说，查第格投降过一次。但他并无快感，拥抱情妇的时候心不在焉，连他自己都觉得奇怪。受到他这样莫名其妙的宠幸的，是王后阿斯达丹的一个侍女。这多情的巴比伦女子替自己譬解说："他脑子里的事一定多得数不清，连谈情的时候还在那里思索。"在有些男人一声不出，另外一些男人海誓山盟的时间，查第格却不由自主地叫了声："王后！"那巴比伦女子以为查第格快乐之下，恢复了知觉，把她叫作"我的王后！"查第格始终心不在焉，又叫出阿斯达丹的名字。那太太得意忘形，一切都往好处着想，以为查第格的意思是："你比王后阿斯达丹更美！"她拿着精美的礼物走出查第格的后宫，把这桩奇遇讲给她的好朋友，眼红的女人听。眼红的女人看见别人得宠，又气又恨，说道："他连这根吊袜带都不屑替我扣上，我从此不用它了。"——"噢！噢！"交运的女人对眼红的女人说，"你的吊袜带跟王后用的一样，可是向同一个女工买的？"眼红的女人一言不答，左思右想地出了神，找她丈夫商量去了。

调解与接见 | 41

　　查第格接见宾客，审问案子，觉得自己老是心不在焉，不懂什么缘故。这是他唯一的烦恼。

　　他做了一个梦：先是睡在干草上，有些刺人的草使他不得安稳；然后又软绵绵的躺在一床蔷薇花上，花中钻出一条蛇，伸出锋利的毒舌把他的心咬了一口。他说："唉！我在那些刺人的干草上睡过很久；如今是躺在蔷薇花上，可是那条蛇代表什么呢？"

嫉妒

　　查第格的灾难就是从他的幸运来的，特别是他优异的才能促成的。他每天陪国王和他尊严的王后谈话。装饰能烘托人的美貌，存心讨好也能发挥一个人的才华；因此查第格的谈吐越发动人了。他的年少风流，无形中给了阿斯达丹一个印象，而阿斯达丹并不觉得。她的情爱在无邪的心田中滋长起来。她只觉得跟一个为她丈夫与国家倚重的人见面，谈天，非常有趣，便毫无顾忌毫无惧怕地尽量享受。她在国王面前把查第格夸奖不已，也对宫女们提到，她们又从旁附和，极力吹嘘。这种种情形凑合起来，把爱神的箭深深地扎在她心中，而她自己并不发觉。她送礼给查第格，没想到其中有着殷勤的情意；她自以为和查第格谈话是用的王后身份，只把他当作一个惬意的臣子；但她有时的表情明明显出她动了感情。

阿斯达丹的姿色，远胜那个痛恨独眼人的赛弥尔和那个想割掉丈夫鼻子的女人。阿斯达丹的亲昵，红着脸说出来的温柔的话，有心望着别处而始终离不开查第格的眼神：使查第格心中莫名其妙地涌起一股热情。他竭力抵抗；向素来能帮助他的哲学求救；他得到理性的指示，却解不了心中的烦闷。责任心，感激心，冒犯君父的罪孽，在查第格眼里都变成赫然震怒的神道。他挣扎着，他打胜了；但这个需要随时争取的胜利，是用眼泪与呻吟换来的。他和王后都喜欢无拘无束的谈话，觉得其乐无穷；现在他不能再用那种态度了。他的眼睛蒙了一层雾；说话很勉强，有头无尾；他不敢仰视；不由自主地抬起头来，又发现王后眼中含着泪水，射出一支支的火箭；仿佛彼此都在说："我们相爱而怕相爱；我们心中有一股我们认为罪恶的热情。"

查第格见了王后出来,神思恍惚,如醉如痴,心上压着千斤重担:他一阵激动,把心事告诉了朋友加陶;正好比一个人长期熬着剧烈的痛苦,忽然一阵剧痛,不由得大叫一声,额上冒着冷汗,让人家看出了自己的苦楚。

加陶对他说:"你想瞒着自己的感情,我早已看出了;情欲自有一些标记,人家不会错认的。你想,亲爱的查第格,我都看透了你的心,难道王上不会发觉你心中有那股冒犯他的感情吗?他是天底下最嫉妒的男人,这是他唯一的缺点。你比王后更能压制热情,因为你是哲学家,也因为你是查第格。阿斯达丹是女人;她就因为觉得自己还没有犯罪,所以眉目之间表情更无顾忌。她的清白使她太放心了,在人前不知检点。只要她问心无愧,我就替她提心吊胆。如果你们之间有了默契,就能瞒过众人的耳目。勉强压制的初生的感情非常惹眼,不像得到满足的爱情会隐藏。"这话等于劝查第格欺骗王上,欺骗恩主;查第格听着浑身哆嗦。他虽然对王上犯了无心的罪,却从来没有像这个时期的赤胆忠心。可是王后提到查第格的次数那么多，提到的时候脸那么红，在国王面前和查第格谈话的表情有时那么兴奋，有时那么慌张，查第格退朝以后，她又是一味地出神：国王看在眼里，不由得不烦恼。他所看到的，全部相信，没有看到的，用想象来补充。他特别注意王后的拖鞋是蓝的，查第格的拖鞋也是蓝的；王后的丝带是黄的，查第格的便帽也是黄的：对于一个多心的国王，这些都是触目惊心的标记。他心里已经有了醋意，猜疑自然变成事实。

王上和王后的奴仆，个个能刺探他们的心事，不久都看透阿斯达丹动了爱情，摩勃达起了妒性。眼红的阿利玛士，唆使他眼红的女人把她和王后同样的吊袜带送给国王。而且祸不单行，那吊袜带也是蓝的。于是国王只盘算怎样报复了。一天夜里，他决意在第二天黎明毒死王后，绞死查第格。命令交给一个狠毒的太监执行，他是专门替王上泄忿的。宫中有个哑而不聋，没人提防的矮子；他像猫狗一样能看到一切秘密的事。小哑巴对王后和查第格素有好感，听见王上要把两人处死，又惊又骇。这可怕的命令几小时内就要执行，有什么办法通风报信呢？他不会写字，只会画图，而且画得很像。他便花了大半夜功夫，把他要告诉王后的事画出来。国王在图中一角暴跳如雷，向太监发令；桌上有一根蓝的绳子，一个瓶，几副蓝的吊袜带和黄的丝带；王后在图的中央，倒在宫女们的怀中奄奄待毙；查第格横在她脚下，已经被绞死。旭日方升的远景，说明这残酷的死刑要在太阳初放光芒的时候执行。图画好了，小哑巴赶去找阿斯达丹的一个宫女，把她惊醒，做手势要她马上把画送给王后。

半夜里有人敲查第格的门，把他叫醒，递给他王后的一封信。查第格疑心是做梦，双手发抖地拆开信来念了，大吃一惊；他的诧异，惊骇与绝望，简直无法形容。信上写地是：你得马上逃走，有人要来取你性命了。查第格，你逃罢；看在我们的爱情和我的黄丝带份上，你非听我的话不可。我自知无辜，但竟要含垢忍辱，负罪而死了。

查第格几乎连说话的力气都没有。他叫人把加陶找来，一声不出，给他看王后的信。加陶劝他照办，要他立刻取道上孟

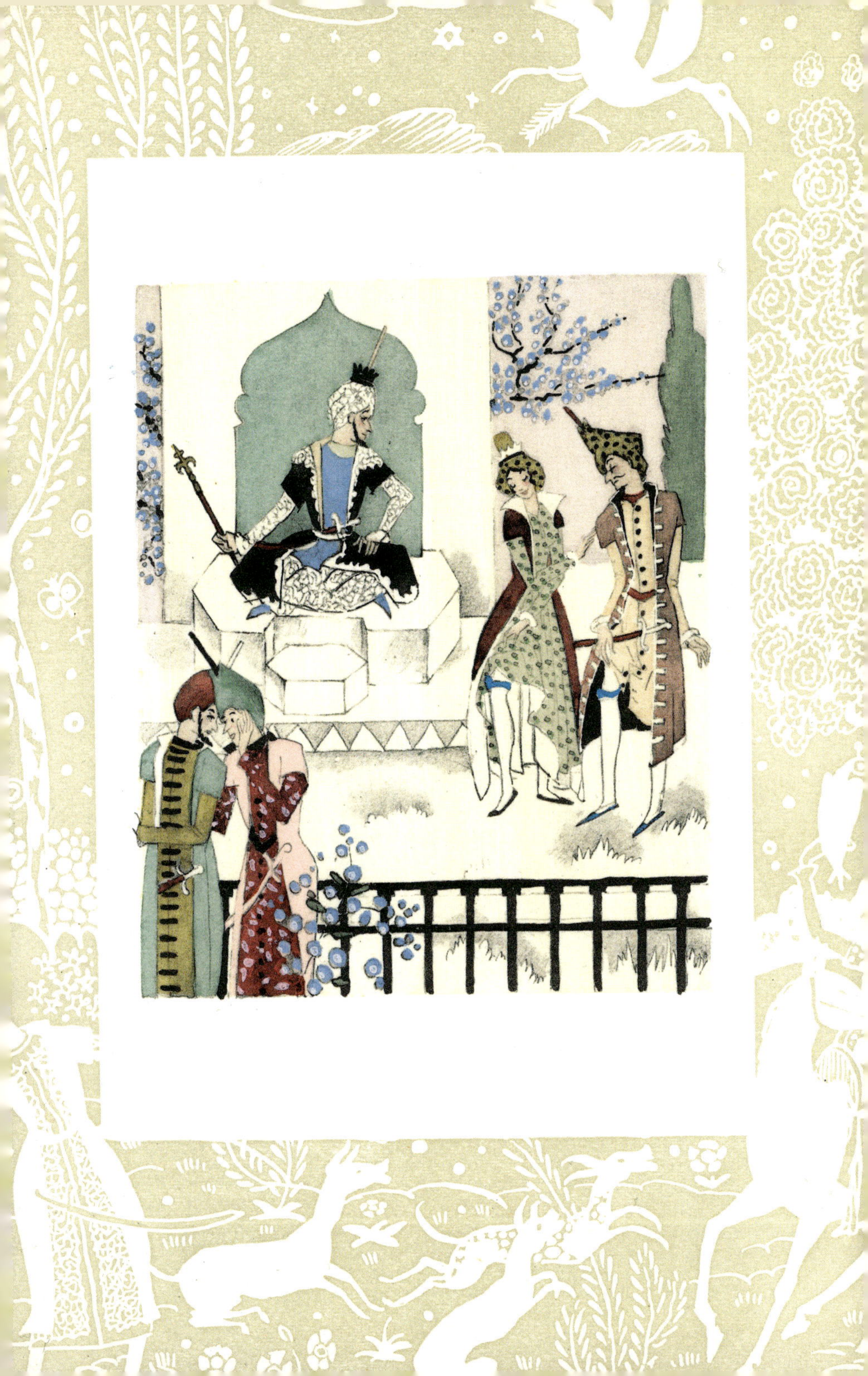

斐斯。他说:"倘若你大着胆子去见王后,等于要她快死;倘若去面奏王上,你还是送她性命。她的命运由我负责;你管你自己罢。我会透露风声,说你逃往印度。我不久就来找你,告诉你巴比伦的情形。"

加陶立即叫人在一道秘密的宫门口套好两匹最快速的单峰骆驼。他叫查第格上去,简直是抬上去的,因为他快死过去了。只有一个仆人陪查第格同走。加陶又惊又骇又难过,一忽儿就不见了朋友的踪影。

那位逃亡的名人走到一座居高临下,俯瞰巴比伦的山岗边上,回头望着王后的宫殿,晕倒了:他醒来只有痛哭流涕,但求速死。他对于最可爱的女子和世界上第一位王后的残酷的命运想了一阵,又回过来想到自己,叫道:"人生是怎么回事啊?德行啊德行!你对我有什么用?两个女人毫无廉耻地把我欺骗了,第三个清白无辜,长得还比别人好看,倒要死了!我做的好事对我全是祸根,我享的荣华富贵不过是叫我在苦海中掉得更深。要是我和别人一样凶恶,也就跟他们一样快乐了。"这些悲痛的感想把查第格压倒了；眼睛前面挂着一层痛苦的帘幕，脸白得像死人一样，整个的心陷入绝望的深渊，他继续往埃及道上进发。

挨打的女人

查第格照着星辰的方向赶路。猎户星和明亮的天狼星，指点他向加诺波口岸前进。他欣赏这些巨大的光球，虽则在我们的肉眼看来不过是些微弱的毫光；另一方面，我们的地球只是宇宙中细微莫辨的一个小点子，我们的贪心却把它看作广大无边，高贵之极。查第格想到人的实际情形，不过是些虫蚁挤在一颗小泥丸上互相吞食。这幅真切的图画使他发觉自己的生命和巴比伦的存在都是虚空的，也就把他的苦难一笔勾销了。他的心灵向着无垠的太空飞去，摆脱了肉体，只管对着宇宙之间永恒不变的法则出神。但等到神志清醒，感情回复的时候,他又想到阿斯达丹也许已经为他而死;广大的宇宙立刻消失,他在整个天地中只看见垂死的阿斯达丹和遭难的查第格。

他往着埃及边境进发,心里七上八下,一忽儿极其旷达,一忽儿痛苦难忍。忠心的仆人已经走进埃及境内第一个小村,替他找宿处去了。查第格向村子四周的花园信步走去,忽然看见大路近边有个女子哭哭啼啼,呼天叫地地喊救命。一个狂怒的男人在背后追着,把她追上了。她抱住男人的膝盖,男人把她又打又骂。查第格看了那男人的凶横和女的一再求告,懂得一个是捻酸吃醋,一个是另有所欢。女的长得娇艳动人,还有点像落难的阿斯达丹;查第格把她打量了一番,一边同情她,一边痛恨那埃及人。女的连哭带喊,叫着查第格:"救救我啊!别让这野蛮的男人把我打死啊!救命啊!"

查第格听了,奔过去把身子挡在她和埃及人之间。他懂得一些埃及文,便用埃及话对他说:"她是个女人,又长得这么好看,你要是还有点儿人性,得爱惜她才对,这样一件天生的宝贝扑在你脚下,只会啼哭,不会抵抗。你怎么能这样糟蹋她呢?"那疯狂的男人答道:"啊!啊!原来你也喜欢她!那我就跟你算账。"他本来揪着女人的头发,那时却松开手,拿起标枪直刺过来,想一下子戳死外国人。查第格很镇静,毫不费事地躲过了疯子的袭击。他在靠近枪尖的一段上抓住标枪:一个想夺回,一个想抢下,把枪折成两截。埃及人掣出佩剑,查第格也伸剑相迎;两人杀做一团。一个接二连三地猛攻,一个身子矫捷地招架。女的坐在草坪上整着发髻,看他们厮杀。埃及人更壮健;查第格更灵巧。他的手是听头脑指挥的;对方却像发疯一般,只凭着一股无名火乱攻乱打。查第格抢上一步,夺下他的武器。埃及人愈加怒不可遏,向查第格直扑过来;查第格趁势抱住,抓着他的身体翻倒在地,拿剑指着他胸口,要他讨饶。埃及人发了火,掏出匕首,正当查第格有心饶他的时候刺伤了查第格。查第格气愤之下,一剑戳进埃及人的胸口;埃及人惨叫一声,挣扎了一会儿,死了。

于是查第格走到那女的面前,声气柔和地说道:"我逼得

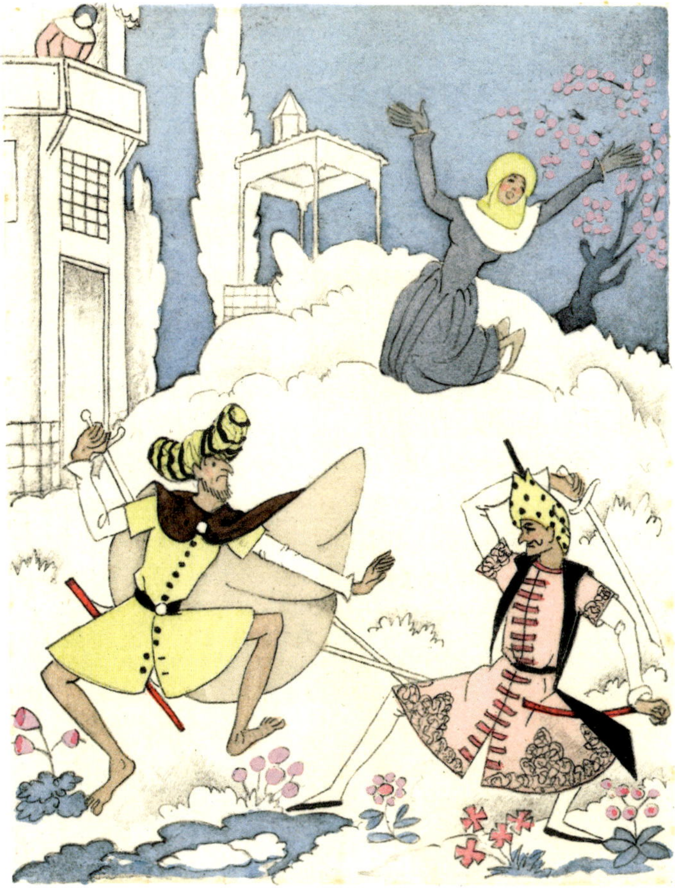

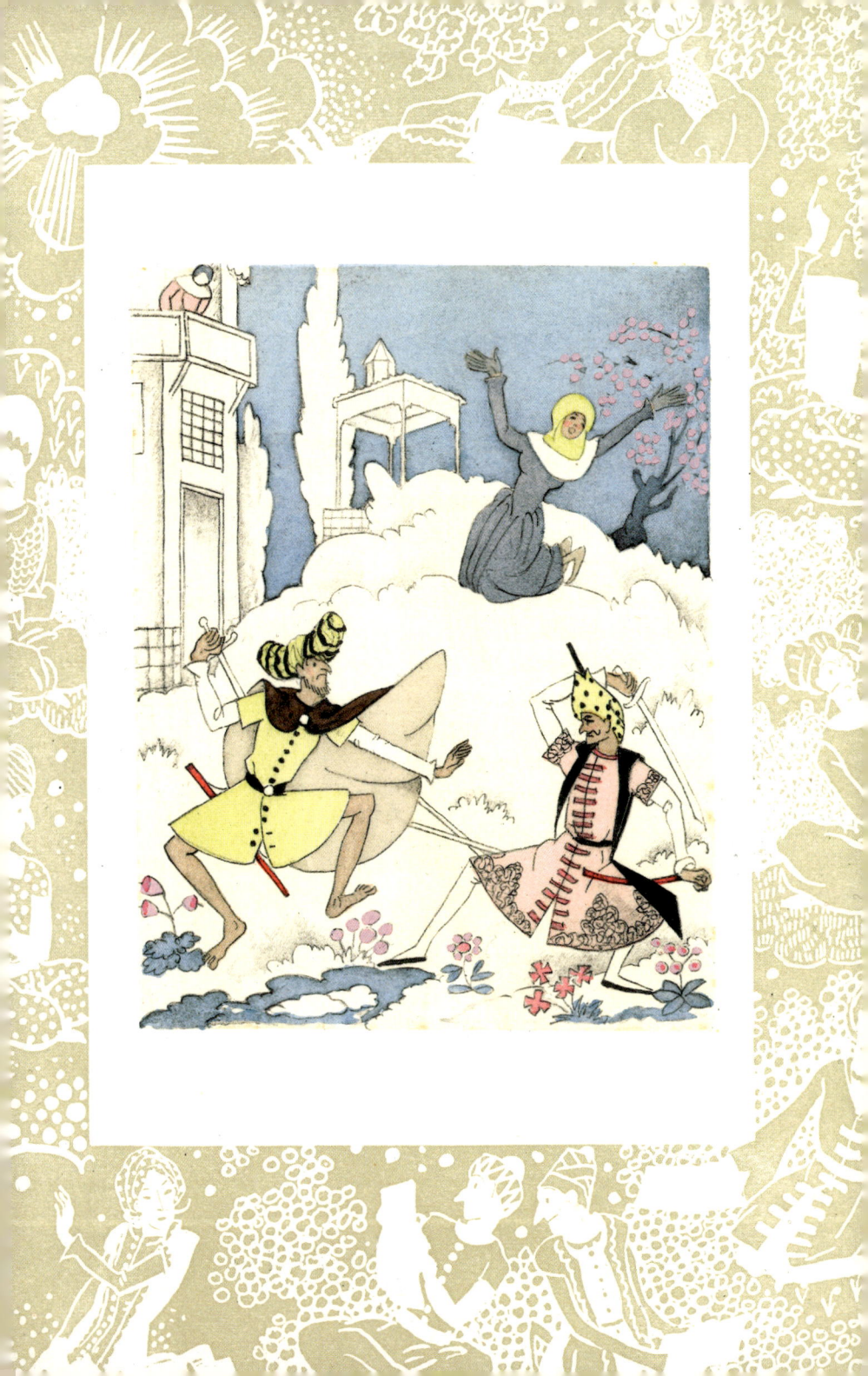

没有办法，只能把他杀了。我替你报了仇；我从来没见过这样蛮横的人，这一下你可逃出了他手掌。现在，太太，你还要我做些什么呢？"她回答："坏蛋，我要你死！你杀了我的情人，我恨不得撕破你的心。"查第格道："太太，你找的情人太古怪了；他拼命打你；因为你向我求救，他还要伤我性命。"女的大叫大嚷，说道："他要能够再打我，我才高兴呢；那是我活该，是我惹起他的妒性来的。我要他打我，要他活过来，要你死！"查第格听了，觉得自己一辈子都没有这样的惊奇，这样的生气；他说："太太，虽然你长得好看，可是荒唐透顶，不要说那个男人，连我也要揍你了；但我不愿意费这个劲。"说完，他跨上骆驼往村子进发。走不了几步，四个巴比伦差役的声音使查第格回过头去。他们骑着马飞奔而来。其中一个见了那女的，嚷着："准定是她；她跟人家告诉我们的相貌很像。"他们不管地下的尸首，立刻抓着那女的。女的一迭连声地唤查第格："侠义的外国人，再救救我罢！我刚才错怪了你，请你原谅。救救我罢，我一辈子跟着你好了。"查第格却没有兴致

挨打的女人 | 55

再为她打架,答道:"找别人去罢!我不再上你的当了。"

并且他受着伤,流着血,需要救护。四个巴比伦人大概是摩勒达王派来的,查第格见了也很惊慌。他赶紧向村子走去,猜不透那四个差役为什么要抓这个埃及女人,但他更奇怪的还是那女人的性格。

奴役

查第格走进埃及的小村,就被村民围住。他们都嚷着:"他拐走了美人弥苏弗,刚才又谋杀了克莱多斐斯!"查第格回答说:"诸位先生,我要拐走你们的美人弥苏弗才倒霉呢!她太使性了。克莱多斐斯也不是我谋杀的,我不过是保护自己。他要杀我,因为他毒打弥苏弗,而我客客气气地替弥苏弗求情。我是外国人,到埃及来找个栖身的;我正要投奔你们,哪有先拐走一个女人,谋杀一个男人的道理?"

那时的埃及人是公正的,讲情理的。他们把查第格带往村公所,先包扎伤口,再把他和仆人分别盘问,调查真相。

大家承认查第格不是凶手，但是犯了人命，依法应当罚做奴隶；两匹骆驼给卖了，拨充公款；带的黄金全部没收，分给村民。查第格和他的伙计被陈列在广场上公开标售。一个叫作赛多克的阿拉伯商人出价最高，买下了；但更能耐苦的仆人卖的价钱比主人贵得多。没有人把他们作比较。因此同是奴隶，查第格还得受他仆人管辖。他们脚上套着链条缚在一起，跟阿拉伯商人回家。查第格一路安慰仆人，劝他耐性，又照例对人生发表许多感想。他说："我走了背运，连累到你。至此为止，所有的事情，后果都奇怪得很。为了看到一只母狗走过，我付了罚金；为了葛里凤，我差点儿受洞腹之刑；因为写了诗歌颂王上，我被送上刑台；因为王后用了黄丝带，我几乎被绞死；这一次因为一个蛮子殴打情妇，我跟你一同做了奴隶。好罢，咱们别灰心；说不定会有出头的日子。做买卖的阿拉伯人非有奴隶不可；既然我跟别人一样是人，为什么不能跟别人一样当奴隶？这商人不会太狠心的；如果他要奴隶好好的当差，就得好好地对待奴隶。"他这么说着，心里却老在挂念巴比伦王后的命运。

过了两天，商人赛多克带着手下的奴隶和骆驼，往荒凉的阿拉伯进发。他的部落住在奥兰勃沙漠附近。路途遥远，又很艰苦。赛多克一路对查第格的当差比对查第格器重得多，因为当差套骆驼的本领比主人强得多；一切小恩小惠都是赏给他的。

离开奥兰勃只差两天路程了，死了一头骆驼；它驮的东西都分派给下人们负担，查第格也分到一份。赛多克看见所有的奴隶弓着背走路，不禁哈哈大笑。查第格不怕唐突，和他解释理由，告诉他平衡的原理。商人听了诧异，对他另眼相看了。查第格看到引起了他的好奇心，越发在这方面下功夫，告诉他许多与他买卖有关的知识，例如体积相同的各种金属与各种货物的比重，几种与人有用的动物的特性，怎样使无用的动物变成有用，等等。后来赛多克觉得查第格竟是个大智大慧的人了。他原先很看重查第格的同伴，现在却更加喜欢查第格，待他很好；而赛多克的这番好意也没有落空。

回到自己的部落，赛多克向一个希伯来人讨五百两银子的

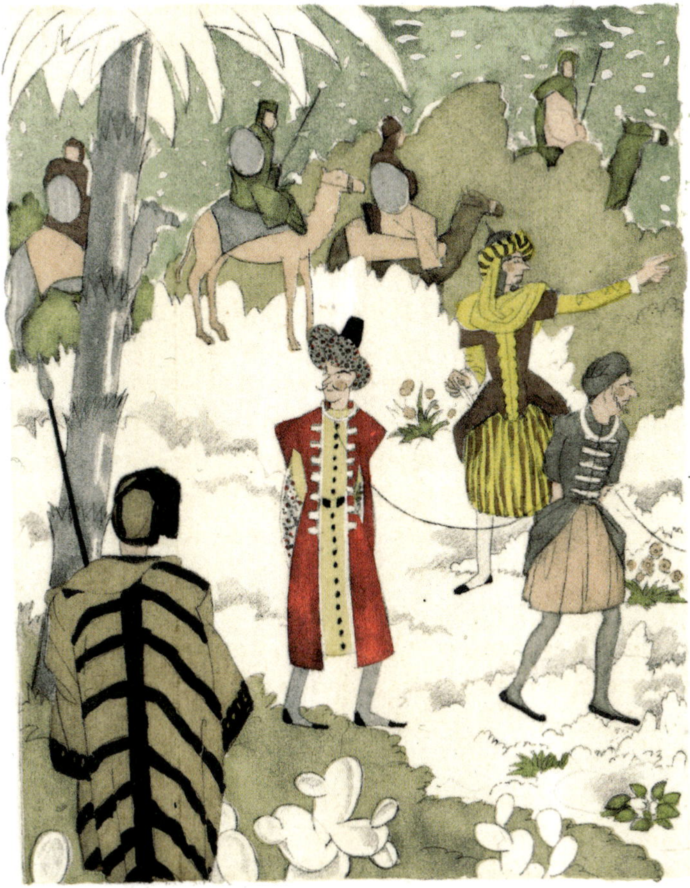

债。借的时候有两个见证，都死了，没法再叫希伯来人认账。他吞没了赛多克的钱，感谢上帝给了他欺骗一个阿拉伯人的机会。查第格已经成为主人的顾问，主人便向他诉苦。查第格问："你在哪儿把五百两银子借给那骗子的？"赛多克回答："在奥兰勃山近边的一块大石头上。"——"你的债务人是怎么样的性格？"——"还不是骗子那种性格！"赛多克回答。——"我问他的脾气是急躁的还是冷静的，谨慎的还是冒失的？"——赛多克道："在所有赖债的人里头，他是最急躁不过的。"查第格便要求道："好吧，让我代你去向法官申诉。"他果然想法把希伯来人传到庭上，然后向法官说："当今圣主临朝，全靠大人代行公道。这个人欠我主人五百两银子，不肯归还，我代表主人追讨。"法官问："可有证人没有？"——"证人都死了；不过当时借款是在一块大石头上点交的；只要大人下个命令，叫人把石头搬来，我想上面一定有凭据。我和希伯来人都留在这儿，等石头搬来，搬运费可以归我主人负担。"——"好罢。"法官说着，先去审理别的官司了。

官司都审完了，法官问查第格："怎么！你的石头还没有搬来？"希伯来人笑道："大人等到明天，石头还不会来呢；它离开这儿有几十里地，要十五个人才能搬动。"查第格叫道："对啦，我早告诉大人，石头会作证的；他既然知道石头在什么地方，就是承认借款是在石头上点交的。"希伯来人听着慌了，一会儿只得全盘招认。法官判令把希伯来人缚在石头上，不给饮食，直到他把五百两银子偿还为止。他就很快地把欠款还清了。

奴隶查第格和大石头的故事，在阿拉伯名闻遐迩，大受重视。

殉夫

赛多克喜出望外,把查第格当作了知己。他和以前巴比伦王一样少不了查第格,查第格也因为赛多克没有娶老婆,觉得很高兴。他发现主人本性善良,非常正直,极明事理;只可惜他崇拜天神天将,就是说按照古代阿拉伯风俗,崇拜太阳、月亮和明星。查第格很婉转地和他谈过几次,最后告诉他,那些物体和别的物体并无分别,不比树木岩石更值得尊敬。赛多克道:"它们是永恒的生命,我们享受的好处全是它们的恩赐;它们化育万物,调节四时;并且和我们离得这么远,不由我们不尊敬。"查第格答道:"红海的水把你的货物运往印度，给你的好处更多；难道红海就不像明星一样古老吗？如果你崇拜距离遥远的东西，就该崇拜地球边上的孟加拉的土地。"赛多克道："话不是这么说的；明星的光太灿烂了，使我不能不崇拜。"当天晚上，查第格在平时和赛多克一同吃饭的帐幕里，点起大量的火把；主人一到，查第格便跪在蜡烛前面祷告："永恒而灿烂的光明啊，求你永远保佑我。"说完，他坐下吃饭，对赛多克瞧都不瞧一眼。赛多克很诧异，问道："你这是干什么？"查第格答道："我跟你一样，我崇拜这些蜡烛，不把蜡烛的主人和我的主人放在心上。"赛多克体会到这个寓言的深意。他的奴隶的智慧渗透了他的心，他不再崇拜一般的物体而崇拜永恒的造物主了。

那时有个惨无人道的风俗，源出大月氏，由于婆罗门僧的影响，在印度已经根深蒂固，大有蔓延全部东方国家的危险。一个已婚的男人死后，他的爱妻倘要成为圣女，就得当众抱着丈夫的遗体一同烧死。这是一个庄严的典礼，叫作节妇殉夫。殉夫的寡妇最多的部落最受尊敬。赛多克的部落中有个阿拉伯人死了,他的寡妇阿莫娜是个虔诚的信女,宣布当于某日某时在鼓声与喇叭声中投火。查第格向赛多克解释,这个残酷的风俗与人类的利益完全不合;年轻的孤孀还能为国家生儿育女,至少也能抚养原有的孩子,不该让她们投火自焚。他劝告赛多克,要是可能,应当消灭这风俗。赛多克道:"妇女投火的习惯已经有一千多年。经过时间钦定的老规矩,谁敢变更?还有什么东西比古老的陋俗更不可侵犯的?"查第格答道:"要讲古老,理性更古老。你去和部落的首领说话,让我去见那个年轻的孤孀。"

他叫人带往寡妇家;先称赞她的美丽,博取她的欢心;再告诉她把这些迷人的风韵付之一炬是多么可惜;然后赞美她的贞节和勇气。他说:"想来你是极爱你的丈夫了?"那阿拉伯女子回答:"才不爱呢。他是个又粗暴,又嫉妒,叫人受不了的汉子;可是我拿定主意要跟他一同火葬。"查第格道:"那么一个人活活烧死,想必是有说不出的乐趣了。"那太太说:"啊!我一想到就灵魂出窍;但是非如此不可。我是信女,不

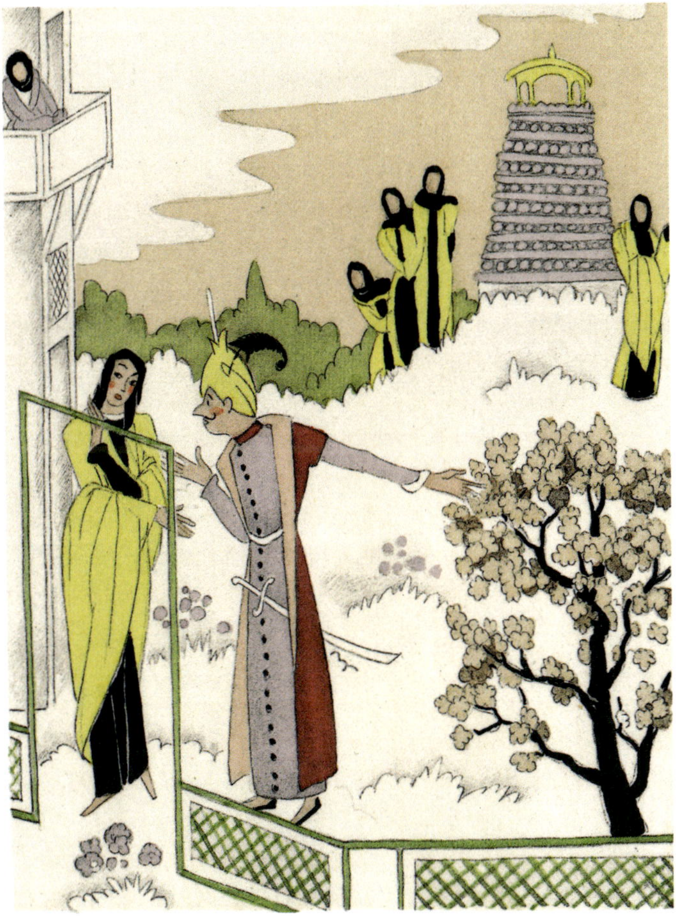

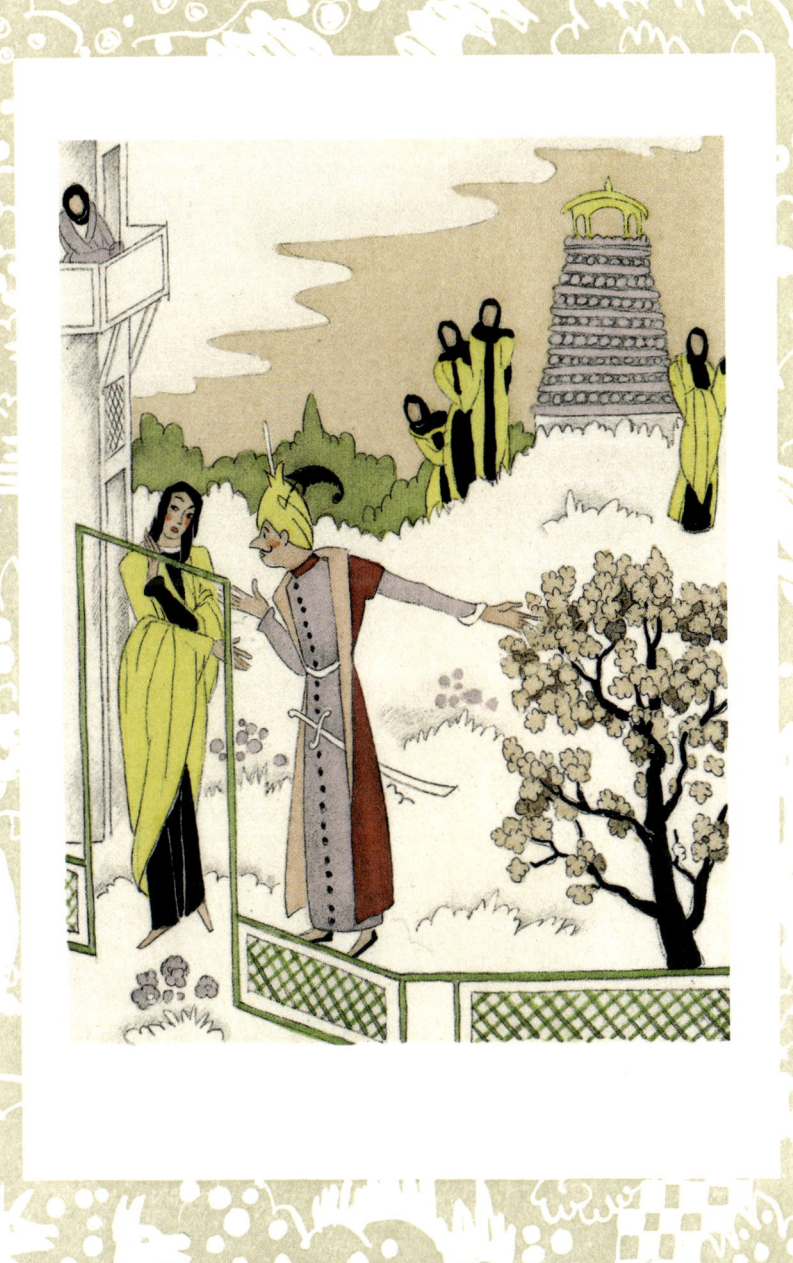

殉葬就要名誉扫地，受众人耻笑。"查第格和她解释，她的殉葬是为了别人，为了虚名。接着又和她谈了半天，使她不但对人生有所留恋，甚至对和她谈话的人也有了好感。查第格问她："要是你肯放弃殉葬的虚名，打算怎么办呢？"那太太回答："唉！我想会要求你跟我结婚的。"

查第格一心一意只想着阿斯达丹，把话支开去了。但他立刻去见部落的首领，告诉他经过情形，劝他们定下规矩，寡妇先得跟一个青年男子单独谈过一小时话，才准她殉葬。从此以后，阿拉伯就没有一个投火的妇女。这个残酷的风俗流行了千百年，靠查第格一人之力，一日之间就取消了。可见他是阿拉伯的恩人。

晚餐

赛多克觉得查第格浑身都是智慧,再也少他不得,带着他去赶罢左拉的庙会;那是个大集,世界各地的富商大贾无有不到的。查第格看见这么多地域不同的人会齐在一处,非常快慰,觉得世界是个大家庭,在罢左拉团聚。第二天,他就在饭桌上遇到一个埃及人,一个孟加拉地方的印度人,一个汉人,一个希腊人,一个克尔特人,还有几个别的外国人,都是常到阿拉伯海湾来做客,懂阿拉伯文,能彼此通话的。埃及人好像火气十足,说道:"罢左拉这地方太可恶了!我带着天下最贵重的宝贝,讨价一千两金子都没人要。"赛多克问:"怎么的?是什么宝贝，人家不肯出这个价呢？"埃及人回答："是我姑母的遗体。她生前是全埃及最好的女人，一向和我在一起；这回死在路上，我把她做成一具最讲究的木乃伊；在我们国内拿它做抵押品，要什么就有什么。真怪，这儿的人看到这样可靠的货色，连一千两金子都不愿意给。"他一边气恼，一边正要动手吃一只白煮肥鸡；印度人却抓着他的手，痛苦万分地嚷道："啊！你这是干什么呢？"那个带着木乃伊的人回答："吃鸡啊。"孟加拉人道："使不得，使不得。说不定亡人的灵魂转生在这只母鸡身上，你总不愿意冒险吃你的姑母吧？何况吃鸡明明是不敬天地。"容易动火的埃及人说："什么吃鸡不敬天地，这话是什么意思？我们崇拜牛，我们照样吃。"印度人道："崇拜牛？怎么可能呢？"埃及人答道："太可能了。这习惯，我们已经有了十三万五千年，谁也没说过一句话。"印度人道："啊！十三万五千年！这数目未免夸张了些。八万年以前，印度地方才开始住人，可是我们确实比你们古老。婆罗门神禁止我们吃牛的时节，你们还没想到把牛放到祭坛上跟肉

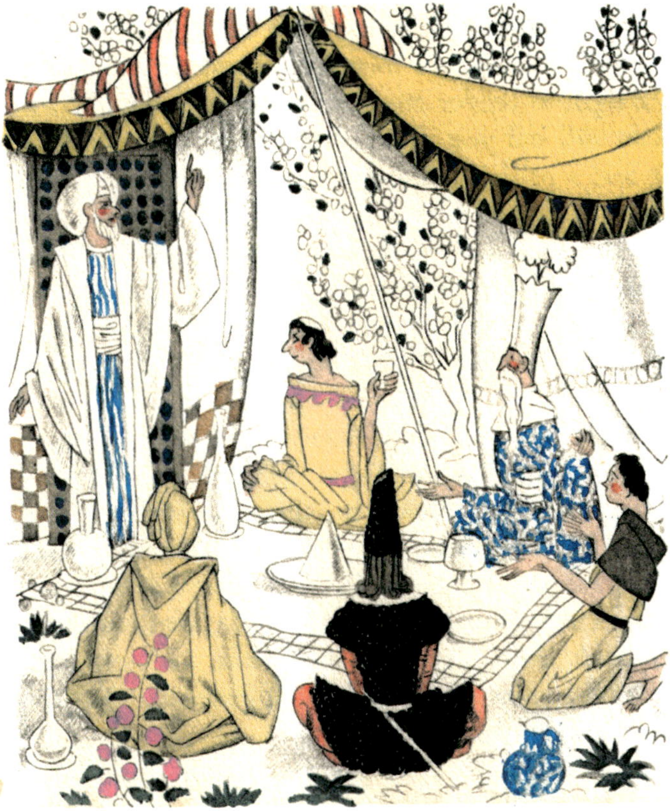

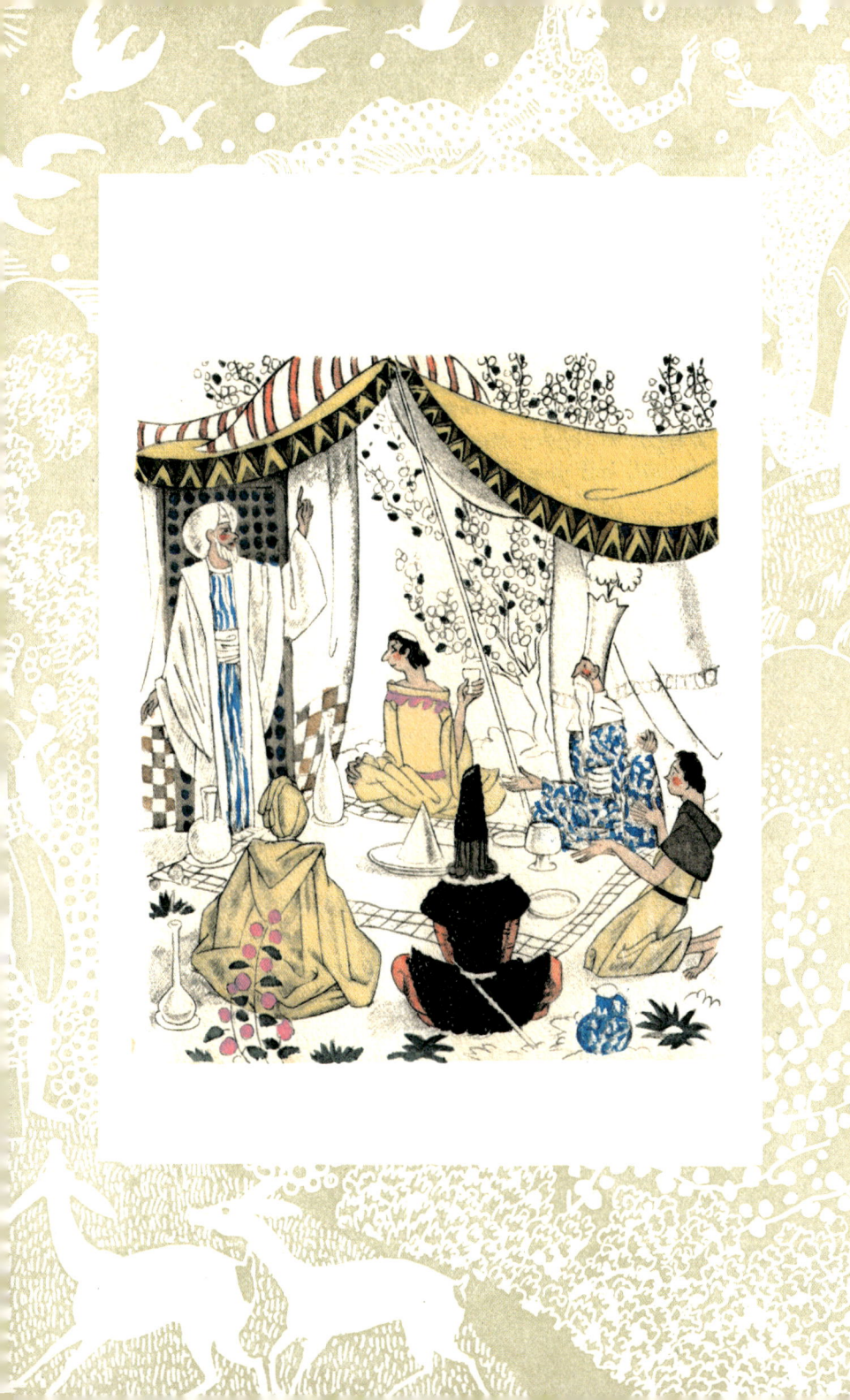

叉上去呢。"埃及人道:"比起我们的阿比斯神,你们的婆罗门简直是可笑的混蛋!他做过什么了不起的事?"婆罗门教徒回答:"婆罗门教人识字,教人写字;全世界的人会下棋,也是出于他的传授。"坐在旁边的一个加尔提人插嘴道:"你错了;这些功德都是圣鱼奥奈斯赏赐我们的,敬它才是正理。谁都会告诉你,这位神道长得好漂亮的人头,后面有条金色的尾巴;每天出水三小时向人间布道。它有好几个孩子,大家都知道是国王。我家里供着它的像,向它虔诚顶礼。牛尽吃不妨;吃鱼可是大不敬;并且你们两人出身太低,辈分太晚,没资格跟我争辩。埃及人的历史只有十三万五千年,印度人也只夸口说八万年;我们却有四十万年的历本。相信我的话罢,放弃你们的邪教,我可以送你们美丽的奥奈斯神像,每人一幅。"

汉人开言道:"我十二分敬重埃及人,加尔提人,希腊人,克尔特人,婆罗门神,圣牛阿比斯,美丽的奥奈斯鱼;但也许理或者像有些人所谓的天,跟牛和鱼一样有价值。我对本国一字不提;它的土地有埃及、加尔提和印度合起来那么大。我不争论立国的古老；人只要快乐，古老没有什么相干。但要提到历本的话，整个亚洲都是用我们的，而且加尔提人还不会做算术的时候，我们已经有了完美的历法。"

希腊人叫道："你们这批人太没知识了。难道你们不知道混沌为万有之母，不知道这个世界是形与物造成的吗？"他说了半天，被克尔特人打断话头。克尔特人在大家争辩的时候喝了很多酒，便自以为比谁都博学。他连咒带骂地说，值得谈论的只有条太斯和橡树上的寄生树；这寄生树，他是随身带着的。从古以来，世界上只有他的祖先大月氏人是好人；固然他们吃过人，但不能因此而不尊敬他们的民族。谁要毁谤条太斯，非受他一顿教训不可。说到这儿，大家争论激烈；赛多克眼看饭桌要变成战场了。自始至终不出一声的查第格，终究站起来，先向火气最盛的克尔特人开口，说他理由充足，向他要了寄生树；然后把希腊人的辞令恭维了一阵，又平了众人的怒气。查第格对汉人只说寥寥几句，因为他是全场最讲理的一个。接着他对大家说道："诸位朋友，你们差点儿白吵一场；你们的意见原是一致的。"听到这句,他们一齐嚷起来。查第格对克尔特人道:"你崇拜的并非寄生树,而是寄生树和橡树的创造者,可不是?"克尔特人回答:"当然罗。"——"至于你,埃及先生,大概你是借了某一种牛,敬一个给你们生许多牛的主宰吧?"——"是的。"埃及人回答。查第格又道:"比圣鱼奥奈斯更尊贵的是创造鱼和水的主宰。"加尔提人道:"我同意这话。"查第格往下又说:"印度人和汉人,跟你们一样承认有个万物的本原;希腊人的高论,我听不大懂,但我断定他也敬重一个造出形与物的,最高的主宰。"大家钦佩的希腊人说查第格完全了解他的思想。查第格便接口道:"可见你们的意见都一样,没有什么可争执的。"在场的人都拥抱查第格。赛多克的货卖了很高的价钱,带着朋友查第格回部落去了。查第格一到,知道他出门的时期被人告了一状,要用文火把他烧死。

约会

　　查第格去罢左拉旅行的时期，供奉星辰的祭司们决定要惩罚他。向例，祭司们把青年孤孀送去殉葬以后，遗下的珠宝首饰都归他们所有。查第格跟他们捣乱，罚他受火刑还是最客气的呢。他们控告查第格对天神天将不怀好意；他们出面作证，赌神发咒地说听他讲过，星辰早上不是落到海里去的。这种大逆不道的言论，把法官们气得浑身发抖，差点儿把衣服都撕破；倘若查第格有钱赔偿，他们早就撕破了；但他们极度悲愤之下，仅仅判决把查第格用文火烧死。赛多克又惊又急，到处买面子，托人营救，可是没用；后来连他自己也不敢开口了。那时，年轻的寡妇阿莫娜觉得活着很有意思，对查第格感激不尽；她听了他的解释，已经明白烧死活人的害处，便拿定主意不让查第格受火刑。阿莫娜只在心中盘算，不露一点风声。查第格第二天就要处决，阿莫娜只有当夜营救。这慈悲而细心的女人便想了这样的办法。

她搽了香水，装扮得极其风流极其华丽，愈加衬托出她的美，跑去见那供奉星辰的大祭司，要求密谈。到了那位年高德劭的长老前面，她道："大熊星的长子，金牛星的兄弟，天狼星的堂弟（这都是大司祭的尊号），我要告诉你我心中的顾虑。我没有和亲爱的丈夫一同火葬，恐怕是犯了滔天大罪。真的，我有什么东西值得保存呢？不过是一堆早晚要腐烂，而现在已经凋残的肉。"她撩起丝衫的长袖，露出雪白耀眼，非常好看的手臂。她说："你瞧，这还有什么可留恋的？"大司祭心中觉得大可留恋；他先用眼睛表示，又用嘴巴证实，赌咒说他一辈子也没见过这样美的胳膊。寡妇叹道："也许手臂不像别的部分那么丑；但你不能不承认，我的胸部的确不值得爱惜。"

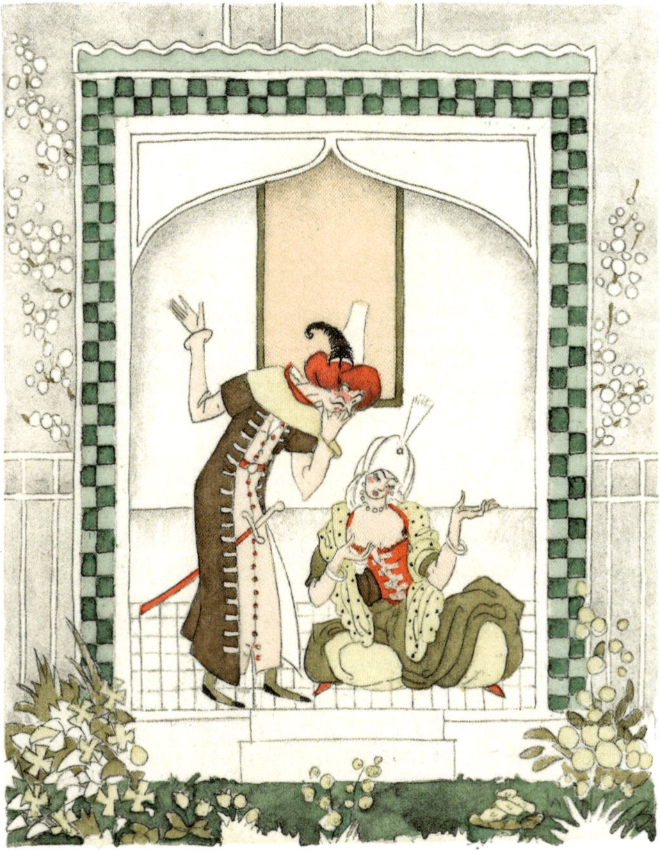

于是她露出一对天下无双的乳房。跟它相比，便是象牙球上放一颗蔷薇花苞，也只等于黄杨木上插一根茜草；而刚洗过澡的羔羊也好像是黄里带黑的了。除了这酥胸以外，她的脉脉含情的大黑眼睛射出温柔的火焰；鲜艳的绯色和纯洁的乳白色在她脸上交相辉映；鼻子决不像里庞山上的高塔；嘴唇好比两行珊瑚礁，藏着阿拉伯海中最美的珍珠。老司祭看着，觉得自己返老还童，只有二十岁了。他结结巴巴说了几句痴情话。阿莫娜看他动了火，趁此替查第格求情。他说："唉！美丽的太太，即使我答应饶他也无济于事；赦免状还得我另外三个同事签字。"阿莫娜道："不管，你签了再说。"祭司道："我很愿意，只要你肯行个方便，作为我通融的代价。"阿莫娜道："这是承蒙抬举了；请你等太阳下山，明亮的希德星在天边出现的时候上我家去；我准定在一张粉红色的沙发上恭候，像奴婢一样地听你摆布。"她带着签过字的赦免状走了；丢下那老人在那里神魂颠倒，唯恐精力不济。直到晚上，他都忙着洗澡，喝一种用锡兰的桂皮，跟提多累和德拿特两处最名贵的香料合成的酒，好不心焦地等希德星出现。

美丽的阿莫娜跑去见第二位祭司。这祭司向她保证，说太阳、月亮、明星和天上所有的光辉，跟她迷人的风韵相比，不过是些磷火罢了。阿莫娜替查第格求情，对方要她付代价。阿莫娜应允了，约他在阿日尼勃星升起的时候相会。从第二位祭司家出来，她又去见第三第四位祭司，要他们签字，挨着一颗颗星定了约会。然后她叫人通知法官，说有要事请他们到她家里去。他们来了；阿莫娜拿出四个人的签字，说出祭司们为了赦免查第格所勒索的代价。一个一个祭司都来准时赴约，一个一个祭司都很惊奇，不但遇到了同事，还有法官在场，不禁满面羞惭。查第格得救了。赛多克对阿莫娜的智巧钦佩不置，娶了她做老婆。查第格扑在救命的美人脚下谢了恩，动身往别处去。赛多克和他两人临别哭了一场，发誓结为生死之交，相约谁要发了大财，一定和朋友共享。

查第格往叙利亚方面走去，始终挂念遭难的阿斯达丹，也始终想着那老是捉弄他、磨难他的命运。他说："怎么！看见一只母狗走过,就得出四百两金子!写了四行打油诗歌颂国王,就得砍头!因为王后的拖鞋和我的便帽颜色相同,就得绞死!救了一个挨打的妇女,就得当奴隶;又因为救了阿拉伯所有青年孤孀的性命,差点儿被活活烧死!"

强盗

将近贝德累-阿拉伯和叙利亚接境的边界上,查第格走过一座相当坚固的宫堡;里面走出一群阿拉伯人把他团团围住,喝道:"你的财物都是我们的,你的人是我们主人的。"查第格一言不答,拔出剑来;他的仆人也有胆量,跟着拔剑。为首的几个阿拉伯人冲上来,被他们刺死了,围攻的人越来越多;他们俩毫不惊慌,决意周旋到底。两人抵抗一大群人,这样的战斗当然不能持久。宫堡的主人叫作阿蒲迦,从一扇窗里看见查第格勇猛非凡,动了敬爱之心。他急忙赶来,拨开手下的人,救出两位旅客。他说:"打我地面上过的都是我的,我在别人土地上碰到的也是我的。但看你是个好汉，我为你破一次例。"他叫查第格进入宫堡，吩咐从人好好款待。晚上，阿蒲迦请查第格一同吃饭。

宫堡里的王爷是那种所谓绿林大盗的阿拉伯人；但他在许多坏事中间也偶尔做些好事；他狠命地抢劫，大量地施舍；行事不顾一切，待人倒还温和；大吃大喝的时候，心情十分快活，尤其是爽直无比。他对查第格颇有好感，查第格谈锋越来越健，一顿饭直吃了半天。最后阿蒲迦说道："我劝你在这儿入伙罢；包你找不到更好的出路；这行业不坏，将来你也能跟我一样。"查第格道："请问你这高尚的行业干了多久啦？"王爷回答："我年纪轻轻就干了。我先在一个精明的阿拉伯人手下做跟班，苦不堪言。眼看人人有份的地面上，命运就没给我留下一份，我灰心透了。我把心中的苦恼告诉一个阿拉伯老头；他说：'孩子，别灰心。从前有一颗沙子，自叹不过是沙漠之中一个无声无臭的原子；过了几年，这沙子变成钻石，现在做了印度王冠上最美的装饰品。'这话打动了我的心；我本来是沙子，可是决心要变做钻石了。我先抢了两匹马,再纠合一些伙伴,装配起来,居然有了拦劫小队客商的实力。这样,我与众人之间财富的距离就逐渐消灭。世界上的财宝,我也有份了,不但得了补偿,还加上厚利:大家对我很敬重;我做了打家劫舍的大王,强占了这座宫堡。叙利亚总督想从我手里夺去;但我已经财源充足,不用害怕;我送了总督一笔钱,把宫堡留下了,又扩充了地盘。总督还派我替王上掌管贝德累-阿拉伯地区的赋税。我尽了收税的责任,可不管缴税的义务。

"巴比伦的大都督以摩勃达王的名义,派一个小官儿来想把我绞死。那家伙带着命令来了;我早已得到消息;先当他的面把他带来的四个帮手勒死;然后问他绞死了我,他能到手多少钱。他说大概有三百金洋。我叫他明白跟着我好处更多。我收他做了副头领,如今是我手下最得力的一个头目,也是最有钱的一个。你要相信我的话,可以跟他一样得意。自从摩勃达王被杀,巴比伦大乱之后,打劫的时机再好没有了。"

查第格道:"摩勃达王被杀了!王后阿斯达丹又怎么啦?"

阿蒲迦回答:"不知道。我只晓得摩勃达王发了疯,被人杀了,巴比伦秩序大乱,全国各地都遭了破坏。我已经捞进不少,好买卖还有得是。"查第格道:"可是王后呢?难道你一点不知道她的下落吗?"他回答:"有人提到一个叫作伊尔加尼的诸侯;王后不在大乱中送命,便是被伊尔加尼掳去作了妃子。不过我关心的是财物,不是新闻。我几次出马,也掳了些妇女,可是一个不留,有些姿色的都卖了好价,从来不追究她们姓甚名谁。买主不买出身;哪怕是王后,长得难看也没人要。说不定阿斯达丹王后是我手里卖出去的,也说不定早已死了。我不管这些,我看你也犯不上比我多操心。"阿蒲迦这么说着,喝酒喝得那么勇猛,终于思路不清,查第格什么话都问不出来了。

他垂头丧气,失魂落魄,呆着不动了。阿蒲迦一边喝酒,一边胡说八道,口口声声自称为天下最有福的人,还劝查第格想法跟他一样快活。末了他迷迷糊糊地有了醉意,上床做他的好梦去了。查第格心惊肉跳,打熬了一夜。他说:"怎么!国王发了疯?被人杀死了?我还不免可怜他呢。国家大乱,这强

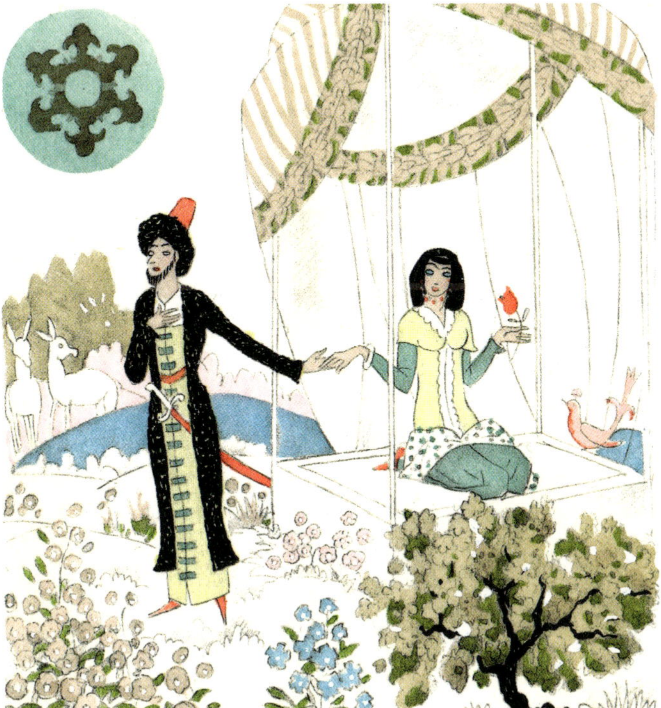

盗倒逍遥快活。命运啊命运！强盗得福，天生的最可爱的人偏偏遭了惨死，或者活着而比死还难受。噢，阿斯达丹！你究竟怎么啦？"

天一亮，查第格在宫堡里逢人便问；但大家都忙着，谁也不理他；半夜里又抢到一批财物，正在分赃，乱哄哄地闹成一片。他们只答应他一件事，就是准他上路。他趁此机会，连忙动身；但是许多痛苦的感想使他更加丧气了。

查第格走在路上又急又慌，脑子里想的无非是遭难的阿斯达丹，巴比伦的国王，朋友加陶，快活的强盗阿蒲迦，被巴比伦差官在埃及边境抓去的使性女人，还有他自己身受的种种不幸和阴错阳差的倒霉事儿。

渔夫

离开阿蒲迦的宫堡一二十里,查第格走到一条小河边上,老是怨命,自认为受尽苦难的典型。他看见一个渔夫躺在河滨,眼睛望着天,有气无力地拉着一个网,好像扔在那里不管似的。

渔夫说:"我真是天底下最苦的人了。大家公认我是巴比伦最出名的乳酪商,现在可倾家荡产了。我的老婆是我这等人所能娶到的最好看的女人,可是她把我欺骗了。我剩下一所破房子,却眼看它抢得精光,毁掉了。我躲在茅棚里,只能靠打鱼为生,可是一条鱼都捉不到。渔网啊渔网!我不叫你下水了,还是我自己投河罢。"说着他站起身子向前,好像要投水自尽的样子。

查第格心上想："怎么！还有人跟我一样倒霉！"感慨之下，立刻有了救人的念头。他奔上去拦着渔夫，用同情和安慰的神气盘问。据说一个人只要不是单独受难，痛苦就会减轻。查拉图斯特拉认为这倒不是由于幸灾乐祸，而是由于需要。你会把不幸的人当作同胞一般亲近。幸运儿的快乐对你近于侮辱；但两个可怜虫好比两株嫩弱的小树靠在一起，互相倚傍着抵抗大雷雨。

查第格问渔夫："你为什么向苦难屈服呢？"

渔夫回答："因为我无路可走了。在巴比伦郊外的但尔巴克镇上，我原是数一数二的人物。老婆帮我做的干乳酪可以说全国第一；阿斯达丹王后和有名的宰相查第格，都喜欢吃。我供给了他们六百块。有一天我进城收账，到了巴比伦，知道王后和查第格都失踪了。我从来没见过查第格大人，我赶到他府上，碰见大都督的一班弓箭手，带着王上的诏书，正在那里忠心耿耿地，有条有理地抢劫。我奔到王后的御厨房；有几位掌

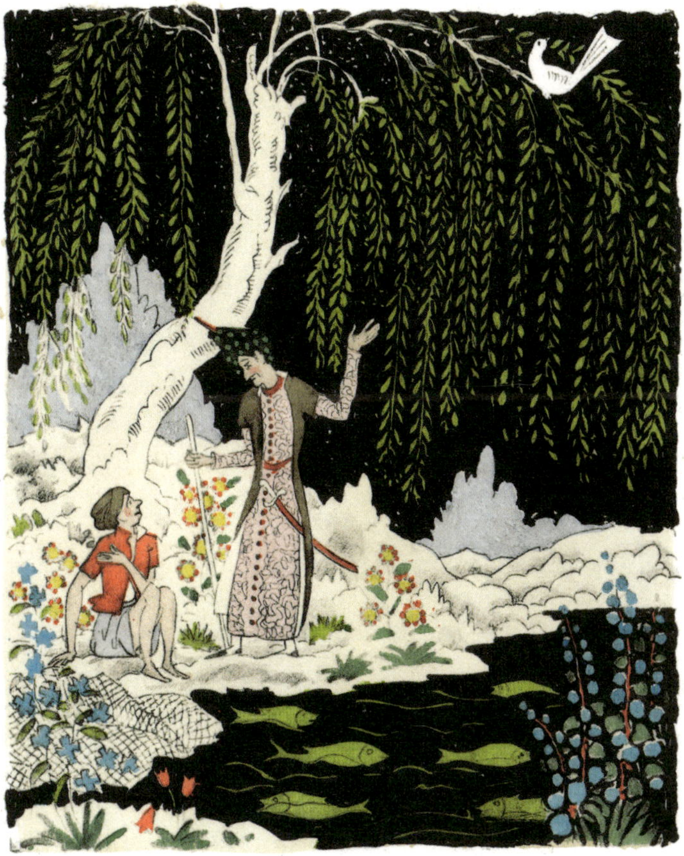

膳大臣说王后死了；另有几位说她关在牢里；还有说她逃走的；但他们一致担保，谁也不会付我的乳酪账。我带着我女人到另一位主顾奥刚大爷府上，求他可怜我们走了背运，请他照顾；他照顾了我女的，可不照顾我。乳酪原是我的祸根，但我女人比她做的乳酪还白，白里泛出来的红光，便是泰尔城出的朱砂也未必能胜过。就为这缘故，奥刚把她留下，把我逐出大门。我痛不欲生，给我亲爱的妻子写了一封信。她对送信的人说：'啊，是的，我知道这写信的人，人家跟我提过：听说他做的一手好乳酪，叫他给送点来，钱照给就是了。'

"我倒了楣，想告状。身边只剩六两金子：替我出主意的讼师要我二两，经办案子的检察官要二两，首席法官的书记要二两。这些费用交清了，案子还没开审；我花的钱已经超过我的乳酪和老婆的价值。我回到村里，打算卖掉屋子，要回老婆。

"屋子明明值六十两金子，但人家知道我穷，又急于脱手。我找的第一个买主出价三十两，第二个二十两，第三个十两。我没了主意，正想成交；不料伊尔加尼的诸侯来攻打巴比伦，过一处抢一处，把我的屋子先抢光了，又放火烧了。

"我丢了钱，丢了老婆，丢了屋子，躲到这地方来想靠打鱼过活；谁知道鱼跟人一样跟我开玩笑。我一条都捉不到，饿得要命；不是遇到你大恩人，我早死在河里了。"

渔夫这番话不是一口气说的；因为查第格激动非凡，不时打断他的话，紧盯着问："怎么！你完全不知道王后的下落吗？"渔夫回答："不知道，大人；我只晓得王后和查第格不付我的乳酪账，我只晓得人家抢走我的老婆，只晓得我走投无路。"查第格道："我希望你的钱不至于全部落空，听说查第格是个君子；他想回巴比伦，要是能回去，除了还你的旧账，还会给你更多的钱。可是你的女人并不怎样老实，还是不要讨回了罢。听我的话，上巴比伦去；我比你先到，因为我骑马，你走路。你去见那位赫赫有名的加陶，告诉他说你遇到了他的朋友；你在他家里等我。好罢，也许你会有苦尽甘来的日子。"

接着他又道："噢，法力无边的奥洛斯玛特大神，你利用我来安慰这个人，你又派谁来安慰我呢？"查第格说着，把从阿拉伯带来的钱分了一半给渔夫；渔夫又惊又喜，吻着加陶的朋友的脚，说道："啊，你真是我的救命星君！"

查第格老是向渔夫打听消息，流着眼泪。渔夫叫道："怎么！大人，难道你这个大善士也有痛苦吗？"查第格回答："比你还痛苦百倍。"——"一个施舍的人怎么会比一个受恩的人更可怜呢？"——查第格答道："因为你最大的痛苦是在于生活，我的不幸在于感情。"渔夫问："是不是奥刚抢走了你的太太？"这句话使查第格想起所有的遭遇，说出他一桩桩的祸事，从王后的母狗起，到遇见强盗阿蒲迦为止。他对渔夫说："奥刚应该受罚。但命运偏疼的往往就是这等人。不管怎样，你去见加陶大人，在他家等我罢。"两人就此分手：渔夫一边走一边感谢命运，查第格一边走一边怨恨命运。

四脚蛇

他走到一片美丽的草原上,看见好些妇女专心一意地在那里找什么东西。他大胆走近去,问一个女的可不可以让他帮着找。那叙利亚女人答道:"不行;我们找的东西是男人碰不得的。"查第格说:"怪了;能不能请你告诉我,男人碰不得的是什么东西?"她说:"是四脚蛇。"——"是四脚蛇吗,太太?请问为什么要找四脚蛇?"——"为了我们的主子奥瞿大人;你没看见草原尽头,河边上有座宫堡吗?那就是他的府上。我们是他手下低微的奴隶。奥瞿大人病了,医生要他吃一条用玫瑰香水煎的四脚蛇。四脚蛇很少见,并且只有女人能捉到;所以奥瞿大人出了赏格,我们之中谁要捉到一条四脚蛇,他就娶做夫人。请你别打搅我;因为你瞧,要是我的同伴占了先着,我的损失就大了!"

查第格丢下这叙利亚女人,让她和别的妇女找她们的四脚蛇;他继续在草原上走去。到一条小溪旁边,看见另外有个太太躺在草地上,根本不找四脚蛇。她长得气宇不凡,但是戴着面网。她对着小溪弯着腰,长吁短叹,手里拿着一根小棒,在草原和小溪之间的细沙上划来划去。查第格为了好奇,想看看她写些什么;他走近去,先看到一个 Z 字,又是一个 A 字,大为惊奇;接着又看到一个 D 字,查第格不由得打了个寒噤。等到他姓名的末了两个字母出现,他的诧异真是从来未有的了。他先呆了一会儿;然后声音断断续续地问道:"噢,慈悲的太太,请你原谅一个落难的异乡人问句话:怎么有这等怪事,你的美丽的手会写出查第格这个姓氏?"一听这声音,一听这几句,那太太手指颤巍巍地撩起面网,瞧着查第格,又感动、又惊奇、又快乐地叫了一声:种种感触一时涌上心头,她支持不住,倒在查第格怀里昏迷了。原来她就是阿斯达丹,就是巴比伦的王后,就是查第格责备自己不该爱的爱人,就是查第格为之痛哭,为她的遭遇担惊受怕的人。查第格也失去了知觉;一会儿醒过来,只见阿斯达丹有气无力地睁开眼睛,又是羞怯又是怜爱。查第格叫道:"噢!各位不朽的神明!弱小的人类,命运都操在你们手里。你们居然把阿斯达丹还给我了吗?想不到在这个时间,这个地方,这个情形之下和她相会!"他跪在阿斯达丹面前,把头碰着尘土。王后扶他起来,教他在小溪旁边挨着她坐下。她把眼睛抹了又抹,只是流不完的眼泪。她几次三番开口,几次三番被呜咽声打断。她问查第格他们怎么会相遇的;查第格来不及回答,她又问别的事了。她才开头诉说自己的苦难,忽然又想知道查第格的苦难。等到两人激动的心情平静了些,查第格方始三言两语,说出他走到这片草原上的缘由。"可是,不幸的可敬的王后!您怎么会待在这个偏僻的地方,穿着奴隶的服饰,跟那些听着医生嘱咐,找四脚蛇的女奴做伴的呢?"

美丽的阿斯达丹说道:"趁她们找四脚蛇的时候,让我把所受的罪和所有的遭遇统统告诉你。我直到与你相会之后，才原谅上天给我吃了那些苦。你知道王上看到你是天下最可爱的男人，大不乐意；为了这缘故，有天夜里他决计把你绞死，把我毒死。你也知道，靠天照应，我那个小哑巴把国王的命令通知了我。忠心的加陶逼你听我的话逃走以后，立即从暗门中进入宫内，把我带走，送往奥洛斯玛特神庙。加陶的哥哥是庙里的祭司，把我藏在一尊魁梧的神像里头，神像的头碰到庙顶，下面直到庙基。我待在那儿像活埋一样，但有祭司服侍，生活所需，一应俱全。第二天清早，太医拿着四种毒药和鸦片合成的药酒，进我的寝宫；另外一个官员拿了蓝帛上你家去；都扑了空。加陶为了骗王上，假装去告发我们，说你取道上印度，说我逃往孟斐斯。王上就派武弁去追。

"缉捕我的差役不认得我。我一向只对你一个人露面，还是在御前，奉了王上的命。所以他们只能凭着口述的相貌来追我。到了埃及边境，他们瞧见有个女人和我身材相仿，也许比我更有风韵，在路上哭哭啼啼地徘徊。他们断定她就是巴比伦

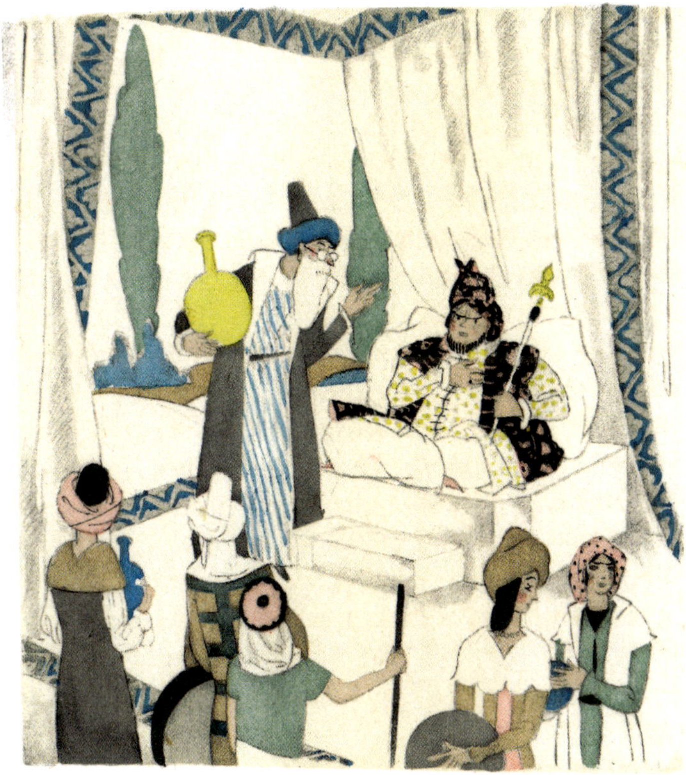

的王后，带她去见摩勃达。摩勃达发现他们认错了人，先是大发雷霆；但过了一会儿，把那女的细看之下，觉得她长得很美，也就平了气。她名叫弥苏弗。我后来听说，这名字在埃及文中的意思是使性的美人。果然，她名不虚传；但她笼络男人的本领不亚于她的使性。她得了摩勃达的欢心，把他收拾得服服帖帖，居然做了他的妻子。从此她本性毕露，毫无顾忌地逞着荒唐的念头胡作非为。大司祭年纪大了，又害着痛风症，弥苏弗强迫他表演跳舞；大司祭不肯，她便百般虐待。她又要大司马做一种包馅子的点心。大司马说他不是点心司务，可是没用，非做不可；他丢了官，因为把点心烤焦了。弥苏弗叫侍候她的一个矮子当了大司马，派一个侍从当了枢密大臣。她就是如此这般地治理巴比伦的。百姓都在追念我。国王在没有想到把我毒死，把你绞死之前，还算为人正直；一朝宠幸了使性的美人，爱情把他的德性湮没了。圣火节那天，他到庙里来。我看见他跪在我躲藏的神像前面为弥苏弗祈福。我提高着嗓子，向他叫道：'你想谋害一个安分守己的女子，娶上一个无法无天的泼妇：你已经变成暴君，神明不会再接受你的祈祷了。'摩勃达听了好生惭愧，心都乱了。从我嘴里出来的神示和弥苏弗的专横，吓得摩勃达神魂颠倒，不多几天就发了疯。

"国王的发疯成为全国叛乱的讯号，因为百姓都觉得他是受了上天的惩罚。大家抢着武器，纷纷造反。养尊处优，承平日久的巴比伦，一变而为互相残杀，惨不堪言的战场。我被人从神像底下拉出来，做了一个党派的领袖。加陶赶往孟斐斯，找你回巴比伦。伊尔加尼的诸侯听到这些坏消息，又带着军队到加尔提来成立第三个党派。他攻打国王；国王带着荒唐的埃及女人迎战，死于乱枪之下；弥苏弗落在敌人手里。我不幸也被伊尔加尼的党羽掳去，恰好跟弥苏弗同时带去见那位诸侯。他说我比埃及女人更漂亮，你听了这话一定很得意，可是你马上要生气的，因为他把我派入后宫。他很坚决地和我说，等他就要发动的一仗打完之后，就来找我。你想我那时多么痛苦。我跟摩勃达已经毫无关系，满可以和查第格结合了，谁知又给这蛮子套上锁链。我凭着我的身份和志气，尽量拿出我的高傲来跟他顶撞。我一向听说,像我这等人物自有一种天生的威严,一开口,一瞪眼,就能叫胆大妄为的人俯首帖耳。当时我用王后的口气说话,不料人家把我当作侍女看待。伊尔加尼诸侯连话都不屑和我说,只告诉他的黑人太监,说我狂妄无礼,但长得还好看。他吩咐黑太监好生照料,起居饮食和别的宠姬一样,为的是要把我调养得皮肤娇嫩,等他有便枉顾的时候,不至于辱没他的恩泽。我说要自杀;他笑着回答说不会的,这一套玩意儿,他早已见惯。他走开的时候得意扬扬,好像把一只鹦鹉关进了笼子。你看,一个天下第一位的王后,而且一心向着查第格的人,竟然落到这步田地!"

听了这两句,查第格跪在阿斯达丹前面,在她膝上洒满眼泪。阿斯达丹不胜怜爱地把他扶起,接着说:"我眼看跳不出蛮子的掌心,还有一个妖精般的女人和我关在一起,把我当作情敌。她和我讲她在埃及的事。她所描写的你的相貌,事情发生的时期,你骑的单峰骆驼,还有其他的情形,都使我断定为她打架的人就是查第格。我认为你一定在孟斐斯,便决计逃往那儿。我对她说：'美丽的弥苏弗，你比我风趣得多，更能替伊尔加尼消愁解闷。你还是帮我逃走，那就是你一个人的天下了；你摆脱了情敌，又促成了我的幸福。'弥苏弗果然帮我设计划策。我便带着一个埃及女奴，私下溜了。

"我快到阿拉伯了，忽然被一个出名的强盗，叫作阿蒲迦的掠去，卖给一批商人；他们又送我进这座奥瞿大人住的宫堡。他买我下来，并不知道我是谁。这家伙生性好吃，一味讲究珍馐美馔，以为上帝生他下来就是为的吃喝。他胖得不可收拾，往往喘不过气来。消化正常的时候，他从来不听医生的话；一朝吃坏了，就任凭医生摆布。这回他信了医生的话，以为吞一条用玫瑰香水煎的四脚蛇，就能治病。因此奥瞿大人许下愿心，女奴之中谁要捉到一条四脚蛇，就能做他的夫人。你瞧，我不是让她们去立功吗？而且自从上天保佑，和你相遇之后，我更没意思去找那四脚蛇了。"

长期压制的心意，两人的苦难和深情，在高尚热烈的心中自然引起许多感触；阿斯达丹和查第格把这些感触诉说完了，又被执掌爱情的天神把他们的话传到维纳斯耳里。

那些妇女一无所获,回到奥瞿的宫堡。查第格上门求见,对奥瞿说道:"但愿上天降福,保佑您终身安泰!我是医生,听说贵体违和,特意拿着一条用玫瑰香水煎好的四脚蛇赶来。我并不想嫁给您,只求您释放一个巴比伦的青年女奴,她到府上才不过几天。倘若我不能治好您大人的贵恙,我情愿代她在府上当奴隶。"

这个提议被接受了。阿斯达丹带着查第格的仆人动身往巴比伦,答应随时派人送信,报告那边的情形。他们俩的告别和相会一样多情。正如藏特经上说的,离别和聚首是人生两个最重大的时间。查第格爱王后的心,和他的海誓山盟一样深;王后爱查第格的心,比她嘴里说的还要热。

然后查第格对奥瞿说道:"大人,我的四脚蛇不是给人吞服的,它的药性必须由您的毛孔吸收;我把它装在一只吹饱了气的口袋里,口袋外面包着一层细腻的皮。您得使尽气力推这个袋,我再把袋扔还给您,这样一来一往要做好几遍:几天之后，您就可看出我的医道如何。"

第一天，奥瞿弄得上气不接下气，累死了。第二天，他疲劳略减，睡得好一些。不到八天，他的精力，健康，轻快的心情，一齐恢复，和年富力强的时代一样。查第格和他说："这是因为您抛了皮球，饮食有了节制。奉告大人：天底下并没有什么四脚蛇；只要经常运动，饮食有度，就能长保康宁。要求滥吃滥喝和身体强壮两全的办法，正和点铁成金的丹方，占星术与祭司们的神学同样的虚妄。"

奥瞿手下的大医官觉得查第格对医学界是个很大的威胁，便跟药剂师联合一致，预备打发查第格到他世界去找四脚蛇。老是行善得祸的查第格，为了治好一个贪嘴的贵人，又要性命不保了。他们办了一桌精美的酒席请他，预定在第二道菜上把他毒死；但吃到第一道，来了阿斯达丹的信差。查第格离开饭桌，动身了。伟大的查拉图斯特拉说过：一个人有了美女垂青，往往能逢凶化吉。

比武

　　像美丽而落难的后妃一样,阿斯达丹王后回到巴比伦大受欢迎。城中已经比较安定。伊尔加尼的诸侯在某次战役中阵亡了。巴比伦人得胜之余,宣称要挑选一位国君与阿斯达丹结为夫妇。巴比伦的国王兼阿斯达丹的夫君这个天下第一的名位,谁都不愿意让阴谋与党派操纵。大家发誓,非立一个智勇双全的人不可。当下在离城一二十里的地方辟了一个大校场,四周搭起华丽的看台。选手穿着全副武装到场,各人在看台后面有间独立的卧房,不准外人与他相见或是相认。竞赛的项目是先跟四个骑士格斗,再由四战四胜的人互相角逐,以压倒群雄为优胜。优胜的人过四天再来，穿着原来的盔甲，解答祭司们的谜语。解答不出的取消资格。还得重新比武，直到选出一个文武两场都获优胜的人为止；因为群众决定要立一个智勇双全的国王。比赛期间，王后从头至尾都受着严密的监视，只许戴着面网观战，不能和选手交谈，免得有偏袒不公之事。

  这便是阿斯达丹报告查第格的消息，她只希望查第格为了她拿出勇气和才智来压倒众人。查第格立即动身，暗中求告爱神维纳斯加强他的勇气，增长他的智力。大会前日，他到了幼发拉底河边。他把自己的徽号，跟别的选手的徽号在一处登记了；然后按照比赛规则，隐着姓名，遮着面部，到抽签排定的房内歇息。查第格的朋友加陶，在埃及白找了他一场，回到巴比伦，叫人把王后赠送的全副盔甲送进他的卧房，还代王后牵来一匹最好的波斯马。查第格看出礼物是阿斯达丹送的，他的勇气与爱情也就添加了新的力量与新的希望。

  第二天，王后坐在满缀珠宝的华盖之下；四周的看台上挤满了巴比伦所有的妇女和各个阶级的人。选手登场，把各人的徽号放在大司祭脚下，听候抽签。查第格抽在最后。第一个上场的是个家财富有的贵人，名叫伊多巴，虚荣透顶，胆子很小，身手笨拙，毫无头脑。手下的奴仆说像他这样的人应当做国王，他答道："是的，像我这样的人应当统治天下。"他便从头到脚武装起来：披着黄金的战袍，外浇绿色珐琅，头盔上插着绿色羽毛，枪上缀着绿色丝缨。但看伊多巴骑马的架势，便知巴比伦的王位，上天绝不是留给他的。第一个和他交锋的骑士把他挑下马；第二个把他刺翻在马背上，两脚朝天，张着手臂。伊多巴重新坐起，姿势难看之极，引得观众哈哈大笑。第三个武士连枪都不用，只纵上一步，抓着伊多巴的右腿绕了半圈，把他摔在沙地上；值场的马夫笑着赶来，扶他上马。第四个骑士抓着他的左腿，把他向另外一边摔下。他在一片倒彩声中被人送往小房间过夜；这是比赛的规矩。伊多巴勉强拖着身子走去，说道："想不到像我这样的人遇到这样的事！"

其余的选手应付得比较高明。有的接连打败两个骑士，还有连胜三个的。只有奥泰默王爷四战四胜。最后轮到查第格：

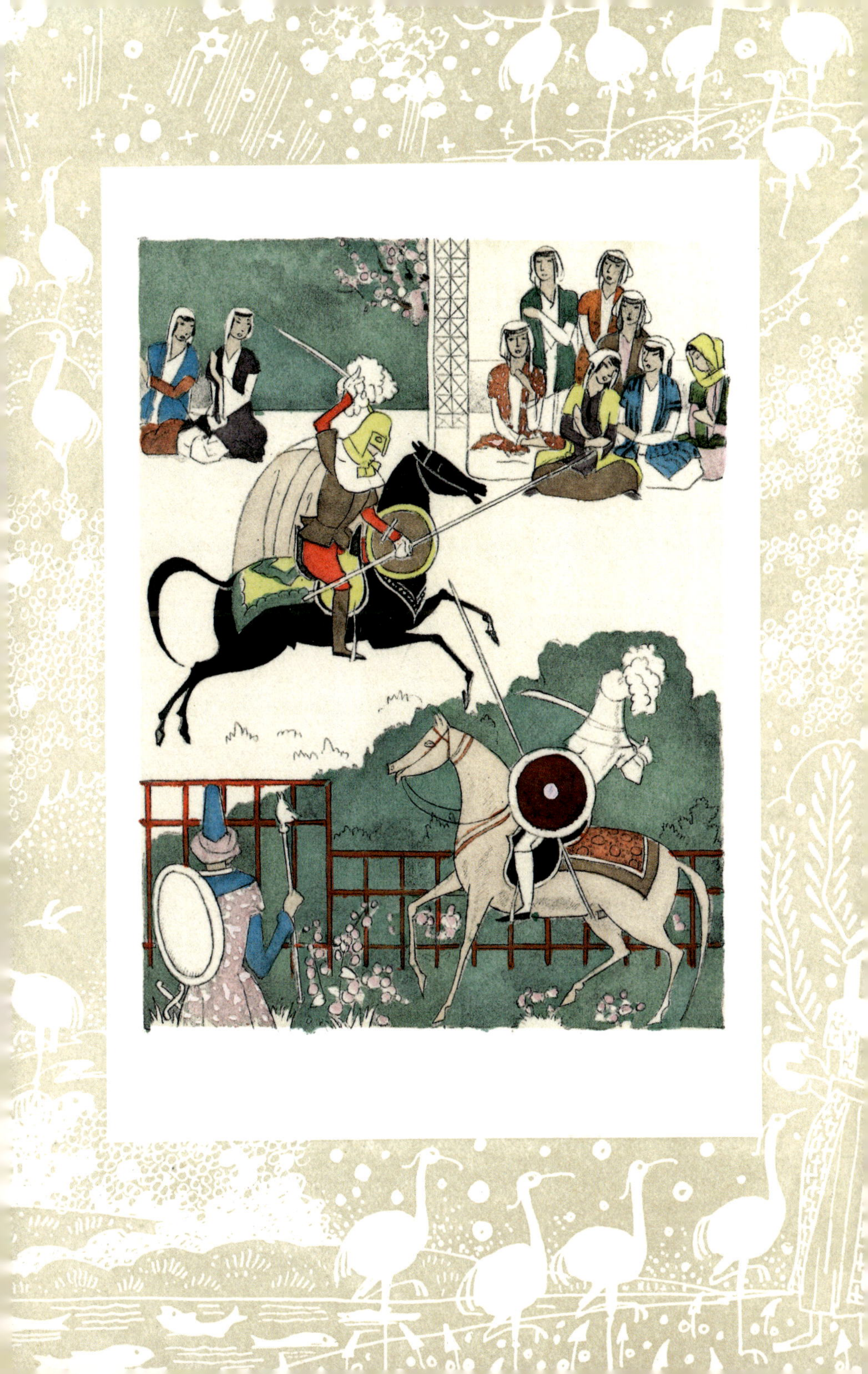

他姿势优美，一连把四个骑士挑下马去。那就要看奥泰默和查第格两人谁胜谁负了。奥泰默穿着金地蓝花的战袍，羽毛也是蓝的；查第格是白盔白甲。看客分做两派，有的希望穿蓝的得胜，有的希望穿白的得胜。王后心跳不已，只求上天保佑穿白的。

两位争冠军的选手互相冲刺，闪避，矫捷非凡，枪法那么巧妙，坐在鞍上那么稳定：除了王后以外，大家巴不得有两个国王。后来两人的马都累了，枪也断了；查第格使出解数，窜到穿蓝的背后，跃上马背，把他拦腰抱着，摔在地下。奥泰默躺在场上，查第格跨着他的坐骑在他周围打转，表演种种骑马的架势。看台上的观众一齐呐喊："白衣武士得胜了！"奥泰默气愤交加，纵起身子，掣出佩剑；查第格从马上跃下，举刀相迎。两人就在地下重新交锋，一忽儿是勇力占先，一忽儿是智巧得势。盔上的羽毛，护臂上的钉子，战袍上的锁片，在急攻猛打之下纷纷飞落。两人有时往横里砍去，有时从直里刺来，忽左忽右，不是对着头部，便是照准胸部；或是后退，或是向前；时而分开，时而合拢；他们像蛇一般地蜷做一团，像狮子一般地向前猛扑；刀剑相击，金星乱迸。末了，查第格定了定神，收住刀虚晃一下，一个箭步上前把奥泰默摔倒，劈手夺下他的武器。奥泰默嚷道："噢，白袍选手，巴比伦的王位被你抢去了！"王后快乐得无以复加。穿白的和穿蓝的两位勇士，和别的选手一样，都被照章送往下处歇宿；他们自有一班哑巴侍候，张罗饮食。王后的那个小哑巴是否在那里服侍查第格，只有让读者去猜了。他们单独睡过一晚，第二天早上，冠军还得把徽号送交大司祭查验，同时宣布自己的姓名。

查第格筋疲力尽，虽然心上有着爱人，也睡着了。伊多巴住在隔壁，可睡不着。他半夜起来，走进查第格的卧房，偷了查第格的徽号，把绿盔绿甲替换了查第格的白盔白甲。天一亮，伊多巴得意扬扬地去见大司祭，自称为夺得锦标的人。大家没防他这一着；查第格好梦正酣，场上已经宣布伊多巴优胜。阿斯达丹回到巴比伦，心中说不出的惊骇和着急。看台上的人差不多已经散尽，查第格方始醒来。他找他的盔甲，只有一套绿的。身边没有旁的衣服，只得穿上。他又诧异又气恼，恨恨地穿着那装束出场。

查第格

　　看台上和校场上还剩下些人,都把查第格大声吆喝,围着他当面羞辱。从来没有人受过这样的难堪。查第格按捺不住,挥着刀,把欺侮他的群众赶散了,但他不知怎么办。他不能去见王后,也不能追讨王后送的盔甲,恐怕连累她。阿斯达丹固然痛苦万分,查第格也怒火中烧,忧急不已。他沿着幼发拉底河走去,以为命中注定要终身受难,没有救星的了。他把一桩桩的倒霉事儿温了一遍,从厌恶独眼的女人起,到盔甲被盗为止;他心上想:"醒得太晚竟会有这样的结果!我只要少睡一会儿,就能登上巴比伦的王位,做阿斯达丹的丈夫。学问,品行,勇气,从头至尾只替我惹祸招殃。"末了他不免嘀嘀咕咕地咒骂上帝,疑心真有什么残酷的命运操纵一切,欺压善良,保佑穿绿的武士飞黄腾达。他多少伤心事里头,有一件是身上还穿着那套招人笑骂的绿盔绿甲。正好有个商人走过,查第格把那盔甲三钱不值两文地卖了,另外买了件袍子,一顶小帽。这样打扮好了,他沿着幼发拉底河前进,心里只怪怨上帝老是跟他作对。

隐士

　　查第格走在路上遇到一个隐士,令人起敬的白发直挂到腹部,手里捧着一本书,专心一意地念着。查第格站住了,向他深深鞠了一躬。隐者答礼的时候高雅大方,十分和气,引起查第格的好奇心,想跟他攀谈。他问隐士看的什么书。隐者道:"是命运之书,要不要看看?"他把书递给查第格。查第格虽则精通好几种文字,看到这本书却一字不识,心里越发奇怪了。和善的老人说道:"我看你郁闷得很。"查第格回答:"唉!我有我的伤心事啊!"老人接口道:"要是你愿意我跟你做伴,也许对你有些好处;有时候我能够在遭难的人心里播下些安慰的种子。"隐士的风度，白须和他手里的书，都叫查第格肃然起敬。他发觉老人的议论中间颇有些卓越的智慧。隐士提到命运，正义，道德，至高无上的善，人类的缺陷，德行与邪恶，都发挥得淋漓尽致，真切动人。查第格听着，觉得有股不可抵抗的力量把他吸住了。他央求老人一路陪他回巴比伦。老人答道："这是我求之不得的。请你用奥洛斯玛特的圣名起誓，在这几天之内，不管我做些什么，你决不离开我。"查第格起了誓，两人便一同出发。

当夜两位旅客走近一座壮丽的宫堡。隐士要求让他和同行的青年借宿。门房俨然像个贵人，摆着一副大施主面孔引他们入内，交给一个总管，由总管带去参观富丽堂皇的内室；还让他们坐在桌子下首，和主人一同吃饭。主人对他们望都不望。但他们受到的款待跟大家一样，又周到又丰盛。吃完饭，仆人叫他们在一只镶嵌珐琅和红宝石的金浴盆内洗澡，然后送入一间华丽的卧房安息。第二天早上，仆人给旅客每人一块金洋，把他们打发了。

查第格在路上说道:"那主人虽然有些骄傲,人倒宽宏大量,待客非常豪爽。"他这么说着,发觉隐士背的那只大行囊绷得很紧,很大;原来他偷了镶宝石的金浴盆,装在袋里。查第格面上不敢有所表示,心里却好生奇怪。

　　中午,隐士走到一所很小的屋子门口,要求歇一会儿脚。屋主是个吝啬的富翁。一个衣衫褴褛的老当差出来接客,口气很粗暴,带他们到马房里,拿出一些霉橄榄、粗面包和坏了的啤酒。隐士和头天晚上吃得一样得意。老当差在旁监视,唯恐他们偷东西,一面还催他们快走。隐士叫他过来,把早上到手的两块金洋给了他,还谢他的照应,接着又道:"请你让我跟贵主人说句话。"当差很诧异,带两位旅客进去。隐士见了主人,说道:"慷慨的大爷,我受了您这样盛大的招待,不胜感激;送上金盆一只,表示我一点心意,务请收下。"吝啬鬼大吃一惊,几乎仰面朝天摔在地下。他还在那里发愣,隐士已经急急忙忙带着年轻的旅伴走了。查第格说道:"师傅,这是什么意思呢?我觉得你和一般人完全不同:一位贵人豪爽非凡的招待你，你倒偷了他一只镶宝石的金盆，拿去送给一个对你这么怠慢的吝啬鬼。"老人答道："孩子，那豪爽的主人招待过客，只是为了沽名钓誉，卖弄财富，从此他可以安分一些；吝啬鬼却会慷慨一些。你别大惊小怪，跟我走就是了。"查第格猜不透这个人究竟是荒唐透顶的疯子，还是大智大慧的哲人；但隐士的话说得好不威严，查第格又起过誓，只得跟着他走。

傍晚，他们俩走到一所建筑精美而朴素的屋子，既不显得奢华，也不显得俭啬。主人是个退休的哲学家，安安静静地在那里修心养性，但并不感到无聊。他造了这所隐居；对过往旅客无不竭诚招待，没有一点炫耀的意味。他亲自出来迎接两位客人，让他们先到一间舒服的房内歇息。一会儿，他亲自来陪他们去吃饭，菜肴精美可口。吃饭中间，他谈到巴比伦最近的革命，说话很得体。他似乎真心爱戴王后，希望查第格能参加这次比武，竞争王位。"但是，"他又说，"百姓就不配有一个像查第格那样的国君。"查第格听着脸红了，心里越发痛苦。他们谈话之间，都承认世界上的事情不能永远合乎圣人贤士的心意。隐者始终认为大家不明白天意所在，只看到一鳞半爪而判断全局是不对的。

接着谈到情欲。查第格道："啊！情欲真是祸水！"隐士回答："那好比鼓动巨帆的风；有时大风过处，全舟覆没；但没有风，船又不能行动。胆汁使人发怒，使人害病；但没有胆汁又不能活命。世界上没有一样东西不危险，又没有一样东西少得了。"

然后又提到快乐；隐士断定那是神明的恩赐，他说："因为人的感觉与思想都不是自发的，一切都从外界得来，苦与乐，跟人的生命同样来自外界。"

查第格大为惊异，怎么一个行为如此荒唐的人，说理会如此透彻。彼此又愉快又得益地谈了一会儿，主人把他们带往卧室，感谢上天送了两位道高德重的客人上门。他送他们钱，态度大方自然，决不令人难堪。隐者辞谢了。他向主人告别，声明天不亮就得动身回巴比伦。宾主依依不舍地作别；查第格尤其敬重这样一位可爱的人，对他仰慕不置。

隐士和查第格进入卧房,谈了半天赞美主人的话。天才透亮,老人唤醒同伴,说道:"该动身了;可是趁大家还在睡觉,我要给主人留些纪念,表示我的敬意和好意。"说着,他拿起一个火把,点着屋子。查第格吓得大叫,拦着他,不让他做出这样狠毒的事。但隐士力气很大,把查第格拉着就走。屋子已经着火。两人走了好一程,隐士又停下来,若无其事地看火烧,说道:"谢谢上帝,我这主人翁真有福气,他的屋子从上到下,整个儿毁了!"听着这几句,查第格又想笑出来,又想把威严的老人骂一顿,打一顿,又想自个儿逃跑。结果他一样都没有做,只是震于老人的威严,身不由主地跟着他去过最后一宿。

那是在一个寡妇家里,她又慈悲又贤德,有一个十四岁的侄儿,非常可爱,是她唯一的希望。寡妇想尽办法款待他们。第二天,她吩咐侄儿送两位客人过一座桥,桥新近断了,是个危险的口子。少年挺殷勤地走在他们前面。到了桥上,隐士招呼少年道:"你过来,我要表示对你叔母的感激。"他揪着少年的头发,把他摔在河里。孩子掉下去,在水面上冒了一冒,

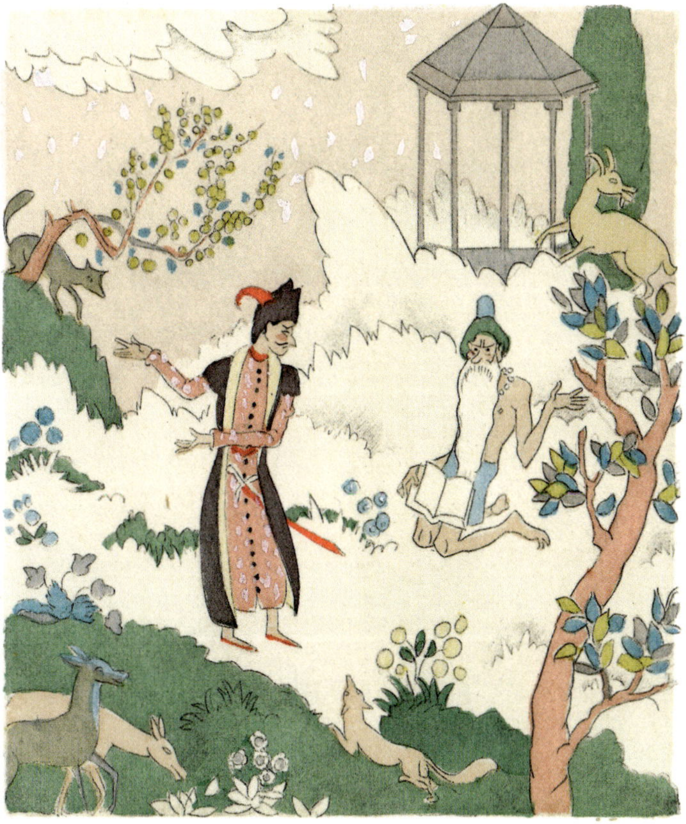

被急流吞没了。查第格嚷道："噢，你这个禽兽！你这个十恶不赦的坏蛋！"隐士打断了他的话，说道："你不是答应我耐性的吗？告诉你，在那天火烧的屋子底下，主人得了大宗藏金；至于这个被上帝处死的孩子，一年之内要谋杀他的叔母，两年之内要谋杀你。"查第格嚷道："谁告诉你的，蛮子？即使你看了那本命运之书，预先知道这些事，孩子又没得罪你，怎么能把他淹死？"

查第格正说着，发觉老人的须没有了，脸变得跟年轻人一样。隐士的服装不见了；通体放光，色相庄严的身上，长出四个美丽的翅膀。查第格扑在地下，叫道："噢，天使！噢，天神！原来你是从天而降，来感化一个凡夫俗子，要他顺从千古不变的法则的。"天使奥斯拉答道："凡人一事不知，事事臆断。不过芸芸众生，最值得我点醒的还是你。"查第格道："我不敢相信自己的判断；可是请你替我解释一个疑问：训导那个孩子，使他一心向善，不是比把他淹死更好吗？"奥斯拉回答："他要是一心向善，要是活在世上，命中注定他将来要跟他的女人和儿子一齐被人谋害。"查第格道："怎么！难道世界上非有罪恶与灾祸不可吗？好人一定得遭难吗？"奥斯拉答道："恶人终究是苦恼的：他们的作用不过是磨练世上少数的正人君子；须知善恶相生，没有一种恶不生一点儿善果的。"——"可是，"查第格道，"假定有善无恶又怎么呢？"奥斯拉答道："那么这世界不是这样的世界了；世事演变也将受另外一类的智慧调度；那种完美的智慧只存在于天国之内，因为恶是不能接近上帝的。上帝造出无数的世界，没有一个相同。变化无穷的种类就是他法力无边的象征。地球上没有两张相同的树叶，无垠的太空没有两个相同的星球。你生活在一颗原子上面，你所看到的都是由一个无所不包的主宰，根据永久不变的法则使它们各居其位，生逢其时。大家以为刚才死掉的那个孩子是偶然落水的，那所屋子是偶然起火的；可是天下没有一桩出于偶然的事；什么都是考验，或是惩罚，或是奖赏，或是预防。你别忘了那个渔夫，他自认为天下最倒霉的人。奥洛斯玛特却派你改变了他的命运。弱小的人啊，你应当崇拜主宰，别跟他反抗。"查第格说："可是……"言犹未了，天使已经往十重天上飞去。查第格心悦诚服，跪在地下颂赞上帝。天使却在云端里对他大声叫着："上巴比伦去罢。"

猜谜

　　查第格怔住了,好像一个霹雳打在他身边;他茫茫然走着。进巴比伦那天,参加过比武的人已经在王宫的大厅上会齐,预备解释谜语,答复大司祭的问题。除了绿袍武士,其余的都到了。查第格在城里才露面,就被群众围住;他们把他百看不厌地瞧着,嘴里不住地祝福,心里不住地祝祷,但愿他能统治天下。眼红的阿利玛士看见他走过,马上浑身发抖,掉过头去。众人抬着查第格,直送到会场。王后听说查第格来了,一边存着希望,一边觉得害怕,心里七上八下,说不出的焦急:她既不明白查第格怎么会丢了盔甲,更不明白伊多巴怎么会穿着白的。查第格一到，场上就唧唧哝哝，起了一阵骚动。大家重新见到他，惊喜交集；但当天的会只有比过武的人才能出席。

查第格说道："我跟别的选手一样比过武；但我的盔甲今天给另外一个人穿在身上。我要求先解答谜语，再提出我参加过竞赛的证据。"大会把这件事付表决：查第格诚实不欺的名声还深深地印在众人心里，大家便毫不迟疑，允许他参加了。

大司祭先提出一个问题：世界上哪样东西是最长的又是最短的，最快的又是最慢的，最能分割的又是最广大的，最不受重视的又是最受惋惜的；没有它，什么事都做不成；它使一切渺小的东西归于消灭，使一切伟大的东西生命不绝？

轮到伊多巴发言。他回答说像他这样的人是不懂什么谜语的，只要一刀一枪胜过别人就行了。其余的人，有的说谜底是运气，有的说是地球，又有的说是光线。查第格认为是时间。他说："最长的莫过于时间，因为它永无穷尽；最短的也莫过于时间，因为我们所有的计划都来不及完成；在等待的人，时间是最慢的；在作乐的人是最快的；它可以扩展到无穷大，也可以分割到无穷小；当时谁都不加重视，过后谁都表示惋惜；没有它，什么事都做不成；不值得后世纪念的，它都令人忘怀；伟大的，它都使它们永垂不朽。"全场一致认为查第格的解释是对的。

第二个谜语是：什么东西得到的时候不知感谢，有了的时候不知享受，给人的时候心不在焉，失掉的时候不知不觉？

各人说出各人的答案。只有查第格猜中是生命。其余的谜语，查第格都同样轻而易举地解答了。伊多巴口口声声说，这是最容易不过的事，只要他肯费心，他照样能应对如流。接着又问到正义，问到至高无上的善，问到治国之道。查第格的回答都被认为最有道理。有人说道："可惜这样一个聪明人武艺这样不行。"

查第格道："求诸位大人明鉴，我曾经在比武场中战胜群雄。白盔白甲是我的。伊多巴大人趁我睡着的时候把它拿去了，大概他认为比绿的更合适。现在让他穿着从我那儿拿去的漂亮盔甲,我只穿着长袍,我预备凭我的剑在诸位面前向伊多巴证明,打败英勇的奥泰默的不是他,而是我。"

伊多巴心里十拿九稳,接受了挑战。他觉得戴着头盔,穿着战袍,裹着护臂,打败一个身穿便衣,头戴睡帽的敌人,真是太方便了。查第格向王后行了礼,拔出剑来;王后瞧着他,又快活又害怕。伊多巴掣出剑来,对谁都不理。他往查第格直冲过去,仿佛勇猛非凡。他打算劈开查第格的脑袋。查第格躲过了,挺着剑的后三段往对方的剑尖只一砍,就把伊多巴的剑斩断了。查第格随即抱着伊多巴的身子把他摔倒,剑尖指着他胸甲的隙缝,说道:"要不让我解除武装,我就要你性命。"伊多巴始终觉得奇怪,像他那样的人竟会处处失利;当下他听凭摆布。查第格不慌不忙,脱下他漂亮的头盔,华丽的胸甲,好看的护臂,明晃晃的护腿,披戴在自己身上,奔过去拜倒在阿斯达丹脚下。加陶毫不费事地证明了这盔甲原是查第格的。大会一致通过,立查第格做国王;阿斯达丹

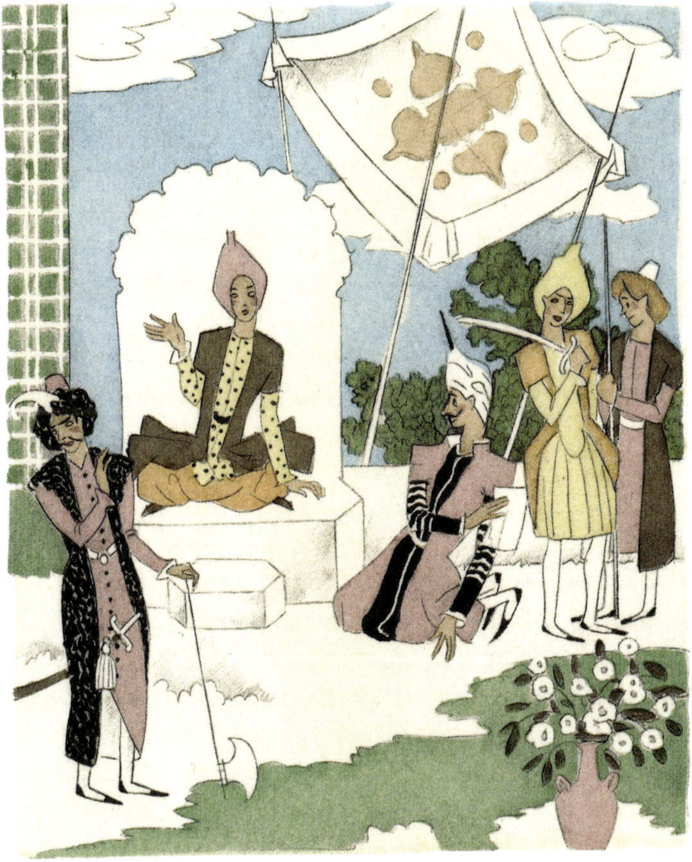

的赞成，尤其不在话下。她受了那么多灾难，终于苦尽甘来，看到她那举世钦仰的爱人做了她的丈夫。伊多巴回到家里称孤道寡去了。查第格登了王位，十分快乐。他心上记着奥斯拉天使的话，也没忘了沙子变成钻石的事。王后和他都敬爱上帝。查第格让使性的美人弥苏弗天南地北地流浪。但他把强盗阿蒲迦召来，封他一个体面的军职，答应他只要做一个真正的军人，将来还有高官厚爵可得；倘使胆敢重操旧业，一定把他吊死。

赛多克和他美丽的妻子阿莫娜，从阿拉伯奉诏而来，管理巴比伦的贸易。加陶论功行赏，授了官职，极受宠爱。他做了王上的朋友。全世界的君主唯独这位国王有一个朋友。小哑巴也没有被遗忘。渔夫得了一所美丽的屋子；奥刚罚出一大笔钱赔偿渔夫，还得归还他妻子；但渔夫已经醒悟，只收了赔款。

美丽的赛弥尔因为错认查第格会变做独眼，后悔不迭；阿曹拉因为想割掉查第格的鼻子，痛哭不已。查第格送了礼物去

安慰她们。眼红的阿利玛士羞愤交加,一病不起。从此天下太平,说不尽的繁荣富庶,盛极一时。国内的政治以公平仁爱为本。百姓都感谢查第格,查第格却是感谢上天。

审校说明

我国著名翻译家傅雷先生于 20 世纪中期翻译了大量法语作品，其中包括巴尔扎克、伏尔泰等名家著作，为一代又一代的读者留下了宝贵的文学文艺译作。鉴于傅雷先生作品的创作年代较早，编者在编选"插图珍藏版名著"系列时，对译本的用词、译法做了最大限度的保留，仅根据现行国家通用语言文字的规范和标准，酌情进行了修订。比如标点符号方面，仅对不适合用冒号、逗号或分号的地方进行了修改。而文字方面，比如将表示相似之意的"象"统改为"像"。对于其他不影响文本理解的非规范文字使用情况，则采取了较为宽松的处理方式，以免破坏傅雷个人的文本特色。由于编者学识有限，难免存在诸多不足之处，望读者朋友们多多理解和支持。

本书插图及书页底纹均由法国艺术家西尔万·索瓦日绘制。

编者